Conversas – 1948

Maurice Merleau-Ponty, escritor e filósofo, líder do pensamento fenomenológico na França, nasceu em 14 de março de 1908, em Rochefort, e faleceu em 4 de maio de 1961, em Paris. Estudou na École Normale Supérieure em Paris, graduando-se em filosofia em 1931. Em 1945 foi nomeado professor de filosofia da Universidade de Lyon e em 1949 foi chamado para lecionar na Sorbonne, em Paris. Em 1952 ganhou a cadeira de filosofia no Collège de France. Entre suas obras, encontram-se: *Signos, Fenomenologia da percepção, A natureza.*

Maurice Merleau-Ponty
Conversas – 1948

Organização e notas de
STÉPHANIE MÉNASÉ

Tradução
FÁBIO LANDA
EVA LANDA

Revisão da tradução
MARINA APPENZELLER

Martins Fontes

Esta obra foi publicada originalmente em francês com o título
CAUSERIES 1948 por Éditions du Seuil, Paris.
Copyright © Éditions du Seuil, 2002.
Copyright © 2004, Livraria Martins Fontes Editora Ltda.,
São Paulo, para a presente edição.

1ª edição 2004
2ª tiragem 2009

Tradução
FÁBIO LANDA
EVA LANDA

Revisão da tradução
Marina Appenzeller
Acompanhamento editorial
Luzia Aparecida dos Santos
Revisões gráficas
Letícia Braun
Maria Fernanda Alvares
Dinarte Zorzanelli da Silva
Produção gráfica
Geraldo Alves
Paginação/Fotolitos
Studio 3 Desenvolvimento Editorial

Dados Internacionais de Catalogação na Publicação (CIP)
(Câmara Brasileira do Livro, SP, Brasil)

Merleau-Ponty, Maurice, 1908-1961.
Conversas, 1948 / Maurice Merleau-Ponty ; organização e notas de Stéphanie Ménasé ; tradução Fabio Landa, Eva Landa ; revisão da tradução Marina Appenzeller. – São Paulo : Martins Fontes, 2004. – (Tópicos)

Título original: Causeries 1948
Bibliografia.
ISBN 85-336-2071-3

1. Percepção (Filosofia) I. Ménasé, Stéphanie. II. Título. III. Série.

04-6848   CDD-121.34

Índices para catálogo sistemático:
1. Percepção : Epistemologia : Filosofia   121.34

Todos os direitos desta edição reservados à
Livraria Martins Fontes Editora Ltda.
Rua Conselheiro Ramalho, 330 01325-000 São Paulo SP Brasil
Tel. (11) 3241.3677 Fax (11) 3105.6993
e-mail: info@martinsfonteseditora.com.br http://www.martinsfonteseditora.com.br

As sete conferências desta coletânea foram encomendadas pela Rádio Nacional Francesa e transmitidas pela rede Programa Nacional de Radiodifusão francesa (RDF) no final de 1948 e conservadas no INA* para uso de pesquisadores e profissionais.

* INA: Institut National de l'Audiovisuel [Instituto Nacional do Audiovisual]. (N. dos T.)

SUMÁRIO

Advertência IX

I. O mundo percebido e o mundo da ciência... 1
II. Exploração do mundo percebido: o espaço 9
III. Exploração do mundo percebido: as coisas sensíveis 19
IV. Exploração do mundo percebido: a animalidade... 29
V. O homem visto de fora 41
VI. A arte e o mundo percebido 55
VII. Mundo clássico e mundo moderno....... 67

Bibliografia 77
Índice onomástico... 81
Obras de Maurice Merleau-Ponty 83

ADVERTÊNCIA

Estas sete "conversas" redigidas por Maurice Merleau-Ponty para intervenções em programas de rádio foram proferidas por ele em 1948. Segundo o *Programa Definitivo da Radiodifusão Francesa*, seis delas foram transmitidas em cadeia nacional semanalmente, aos sábados, de 9 de outubro a 13 de novembro de 1948. Gravadas para o programa "Hora da Cultura Francesa", estas conversas foram lidas sem nenhuma intervenção externa. A gravação está preservada no INA.

No sábado, o programa tinha como tema geral "A formação do pensamento". As conversas de Maurice Merleau-Ponty eram transmitidas no mesmo dia que as de Georges Davy (psicologia dos primitivos), de Emmanuel Mounier (psicologia do caráter), do doutor Maxime Laignel-

Lavastine (psicanálise) e do acadêmico Émile Henriot (temas psicológicos na literatura). Segundo os arquivos do INA, parece que nenhum vestígio de preâmbulo, de apresentação dos participantes e do tema preciso de cada programa foi conservado.

O conjunto das conversas foi concebido pelo filósofo como uma série, da qual ele organizou as diferentes partes e seus títulos: I. O mundo percebido e o mundo da ciência; II. Exploração do mundo percebido: o espaço; III. Exploração do mundo percebido: as coisas sensíveis; IV. Exploração do mundo percebido: a animalidade; V. O homem visto de fora; VI. A arte e o mundo percebido; VII. Mundo clássico e mundo moderno.

A presente edição foi estabelecida a partir dos textos datilografados por Maurice Merleau-Ponty seguindo um plano manuscrito. Estas páginas (fundo privado) trazem as correções do próprio punho do autor.

A gravação corresponde, em sua maior parte, a uma leitura fiel, por Merleau-Ponty, dos textos que ele redigiu. Por vezes, o filósofo suprime palavras, acrescenta outras, modifica um encadeamento, muda uma palavra ou parte de uma frase. Nas notas de rodapé, mencionamos a maioria dessas diferenças de expressão. As mudanças ocorridas por ocasião da gravação são introduzidas, nas notas, por uma letra. As citações bibliográficas são precedidas por um algarismo arábico. Procuramos encontrar as edições que Merleau-Ponty e seus contemporâneos poderiam ter consultado. Essas pesquisas revelam o extremo cuidado do filósofo para com os trabalhos recentes e as últimas publicações. As referências foram reunidas numa bibliografia no final do volume. Como ilustração, escolhemos três dos artistas mencionados nas conversas.

Agradecemos especialmente às pessoas do INA que nos ajudaram nas pesquisas relativas à divulgação das conversas.

STÉPHANIE MÉNASÉ

CAPÍTULO I
O MUNDO PERCEBIDO E O MUNDO
DA CIÊNCIA

O mundo da percepção, isto é, o mundo que nos é revelado por nossos sentidos e pela experiência de vida, parece-nos à primeira vista o que melhor conhecemos, já que não são necessários instrumentos nem cálculos para ter acesso a ele e, aparentemente, basta-nos abrir os olhos e nos deixarmos viver para nele penetrar. Contudo, isso não passa de uma falsa aparência. Eu gostaria de mostrar nessas conversas que esse mundo é em grande medida ignorado por nós enquanto permanecemos numa postura prática ou utilitária, que foram necessários muito tempo, esforços e cultura para desnudá-lo e que um dos méritos da arte e do pensamento modernos (entendo por modernos a arte e o pensamento dos últimos cinqüenta ou setenta anos) é o de fazer-nos redescobrir esse mundo em que vivemos mas que somos sempre tentados a esquecer.

Isso é particularmente verdadeiro na França. Reconhecer, na ciência e nos conhecimentos científicos, um valor tal que toda nossa experiência vivida do mundo se encontra imediatamente desvalorizada é uma característica, não apenas das filosofias francesas, mas também do que se chama, mais ou menos vagamente, de espírito francês. Se desejo saber o que é a luz, não é ao físico que devo me dirigir? Não é ele que me dirá se a luz é, como se pensava numa certa época, um bombardeio de projéteis incandescentes[a] ou, como também se acreditou, uma vibração do éter, ou finalmente, como admite uma teoria mais recente, um fenômeno assimilável às oscilações eletromagnéticas? De que serviria aqui consultar nossos sentidos ou nos determos naquilo que nossa percepção nos informa sobre as cores, os reflexos e as coisas que os transportam, já que, com toda evidência, são meras aparências e apenas o saber metódico do cientista, suas medidas, suas experiências podem nos libertar das ilusões em que vivem nossos sentidos e fazer-nos chegar à verdadeira natureza das coi-

---

a. Segundo a gravação: "bombardeio de partículas incandescentes".

sas? O progresso do saber não consistiu em esquecer o que nos dizem os sentidos ingenuamente consultados, e que não tem lugar num quadro verdadeiro do mundo, a não ser como uma particularidade de nossa organização humana, da qual a ciência fisiológica dará conta um dia, da mesma maneira como ela já explica as ilusões do míope ou do presbíope[a]. O mundo verdadeiro não são essas luzes, essas cores, esse espetáculo sensorial que meus olhos me fornecem, o mundo são as ondas e os corpúsculos dos quais a ciência me fala e que ela encontra por trás dessas fantasias sensíveis.

Descartes dizia até que, somente pelo exame das coisas sensíveis e sem recorrer aos resultados das pesquisas científicas, sou capaz de descobrir a impostura dos meus sentidos e aprender a me fiar apenas na inteligência[b,1]. Digo que vejo um pedaço de cera. Porém o que é exatamente essa cera?

---

a. Quando da gravação, o segmento de frase "a não ser como uma particularidade[...]" foi suprimido.
b. Segundo a gravação: "Descartes dizia até que apenas o exame das coisas sensíveis e sem recorrer aos resultados das pesquisas científicas me permite descobrir a impostura dos meus sentidos e me ensina a fiar-me apenas na inteligência."
1. René Descartes, *Méditations métaphysiques* [trad. bras. *Meditações metafísicas*, São Paulo, Martins Fontes, 2000], II Méditation. *In Œuvres*, ed. A.T., vol. 9, Paris, Cerf, 1904, reed. Paris, Vrin, 1996, pp. 23 ss.; in: *Œuvres et lettres*, Paris, Gallimard, col. "La Pléiade", 1937, reed. 1993, pp. 279 ss.

Certamente, não é nem a cor esbranquiçada, nem o cheiro de flor que talvez ela ainda conserve, nem a moleza que meu dedo sente, nem o ruído surdo que a cera faz quando a deixo cair. Nada disso é constitutivo da cera, já que ela pode perder todas essas qualidades sem deixar de existir, por exemplo se a derreto e ela se transforma num líquido incolor, sem odor preciso e que já não oferece nenhuma resistência ao meu dedo. Contudo, digo que a mesma cera ainda existe. Como devemos então entendê-la? O que permanece apesar da mudança de estado é apenas um fragmento de matéria sem qualidades e, no máximo, uma certa capacidade de ocupar espaço, de receber diferentes formas, sem que o espaço ocupado ou a forma adquirida sejam determinados. Esse é o núcleo real e permanente da cera. Ora, é evidente que essa realidade da cera não se revela apenas aos sentidos, pois estes me oferecem sempre objetos de grandeza e de forma determinadas. A verdadeira cera, portanto, não é vista com os olhos[a]. Só podemos concebê-la pela inteligência. Quando acredito ver a cera com meus olhos, só estou pensando através das qualidades que os sentidos cap-

---

a. Segundo a gravação: "A verdadeira cera, diz Descartes, não se vê pois com os olhos."

tam da cera nua e sem qualidades que é sua fonte comum. Para Descartes, portanto, e essa idéia permaneceu por muito tempo onipotente na tradição filosófica da França[a], a percepção é apenas um início de ciência ainda confusa. A relação da percepção com a ciência é a mesma da aparência com a realidade. Nossa dignidade é nos entregarmos à inteligência, que será o único elemento a nos revelar a verdade do mundo.

Quando disse, há pouco, que o pensamento e a arte moderna reabilitam a percepção e o mundo percebido, naturalmente não quis dizer que eles negavam o valor da ciência como instrumento do desenvolvimento técnico ou como escola de precisão e de verdade. A ciência foi e continua sendo a área na qual é preciso aprender o que é uma verificação, o que é uma pesquisa rigorosa, o que é a crítica de si mesmo e dos próprios preconceitos. Foi bom que se tenha esperado tudo dela numa época em que ainda não existia. Porém, a questão que o pensamento moderno coloca em relação à ciência não se destina a contestar sua existência ou a fechar-lhe qualquer domínio. Trata-se de saber se a ciência oferece ou oferecerá uma representação do mundo que seja com-

---

a. Segundo a gravação: "tradição filosófica francesa".

pleta, que se baste, que se feche de alguma maneira sobre si mesma, de tal forma[a] que não tenhamos mais nenhuma questão válida a colocar além dela. Não se trata de negar ou de limitar a ciência; trata-se de saber se ela tem o direito de negar ou de excluir como ilusórias todas as pesquisas que não procedam como ela por medições, comparações e que não sejam concluídas por leis, como as da física clássica, vinculando determinadas conseqüências a determinadas condições. Não só essa questão não indica nenhuma hostilidade com relação à ciência, como é ainda a própria ciência, nos seus desenvolvimentos mais recentes, que nos obriga a formulá-la e nos convida a responder negativamente.

Afinal, desde o fim do século XIX, os cientistas habituaram-se a considerar suas leis e suas teorias, não mais como a imagem exata do que acontece na natureza, mas como esquemas sempre mais simples do que o evento natural, destinados a ser corrigidos por uma pesquisa mais precisa, em suma, como conhecimentos aproximados. Os fatos que a experiência nos propõe são submetidos pela ciência a uma análise da qual não se pode esperar que jamais se acabe, pois não há limites

---

a. Segundo a gravação: "de alguma maneira".

para a observação, que sempre se pode imaginar mais completa e mais exata do que a efetuada em um determinado momento. O concreto e o sensível conferem à ciência a tarefa de uma elucidação interminável, e daí resulta que não se pode considerá-los, à maneira clássica, como uma simples aparência destinada a ser superada pela inteligência científica. O fato percebido e, de uma maneira geral, os eventos da história do mundo não podem ser deduzidos de um certo número de leis que formariam a face permanente do universo; inversamente, é a lei que é uma expressão aproximada do evento físico e deixa subsistir sua opacidade. O cientista de hoje não tem mais a ilusão, como o do período clássico, de alcançar o âmago das coisas, o próprio objeto. Precisamente sob esse aspecto, a física da relatividade confirma que a objetividade absoluta e definitiva é um sonho ao nos mostrar[a] cada observação rigorosamente dependente da posição do observador, inseparável de sua situação, e ao rejeitar[b] a idéia de um observador absoluto. Em ciência, não podemos nos vangloriar de chegar, pelo exercício de uma inteligência pura e não situada, a um objeto livre de qual-

---

a. Segundo a gravação: "ela nos mostra [...]".
b. Segundo a gravação: "e ela rejeita".

quer vestígio humano e exatamente como Deus o veria. Isso em nada diminui a necessidade da pesquisa científica e combate apenas o dogmatismo de uma ciência que se considerasse o saber absoluto e total. Isso simplesmente faz justiça a todos os elementos da experiência humana e, em particular, à nossa percepção sensível.

Enquanto a ciência e a filosofia das ciências abriam, assim, as portas para uma exploração do mundo percebido, a pintura, a poesia e a filosofia entravam[a] decididamente no domínio que lhes era assim reconhecido e davam-nos uma visão, extremamente nova e característica de nosso tempo, das coisas, do espaço, dos animais e até do homem visto de fora tal como aparece no campo de nossa percepção. Em nossas próximas conversas, gostaríamos de descrever algumas das aquisições dessa pesquisa.

---

a. Segundo a gravação: "Enquanto a ciência e a filosofia das ciências abriam assim as portas a uma exploração do mundo percebido, verifica-se que a pintura, a poesia e a filosofia entravam [...]"

CAPÍTULO II
EXPLORAÇÃO DO MUNDO PERCEBIDO:
O ESPAÇO

Observou-se, com freqüência, que a arte e o pensamento modernos são difíceis: é mais difícil compreender e apreciar Picasso do que Poussin ou Chardin, Giraudoux ou Malraux mais do que Marivaux ou Stendhal. E, assim, algumas vezes a partir disso concluiu-se (como Benda, em *La France byzantine*[1]) que os escritores modernos eram bizantinos, difíceis apenas porque não tinham nada a dizer e substituíam a arte pela sutileza. Não existe julgamento mais cego do que este. O pensamento moderno é difícil, inverte o senso comum por-

---

1. Julien Benda, *La France byzantine ou le Triomphe de la littérature pure, Mallarmé, Gide, Valéry, Alain, Giraudoux, Suarès, les surréalistes, essai d'une psychologie originelle du littérateur*, Paris, Gallimard, 1945; reed. Paris, UGE, col. "10/18", 1970.

que tem a preocupação da verdade, e a experiência não lhe permite mais ater-se honestamente às idéias claras ou simples às quais o senso comum se apega porque elas lhe trazem tranqüilidade.

Gostaria de encontrar hoje um exemplo desse obscurecimento das noções mais simples, dessa revisão dos conceitos clássicos, que o pensamento moderno persegue em nome da experiência, na idéia que parece, a princípio, a mais clara de todas: a idéia de espaço. A ciência clássica baseia-se numa distinção clara entre espaço e mundo físico. O espaço é o meio homogêneo onde as coisas estão distribuídas segundo três dimensões e onde elas conservam sua identidade, a despeito de todas as mudanças de lugar. Existem muitos casos em que se observa as propriedades de um objeto mudarem com o seu deslocamento, por exemplo o peso, se transportamos o objeto do pólo ao equador, ou mesmo a forma, quando o aumento de temperatura deforma o sólido. Porém, justamente, essas mudanças de propriedades não são imputáveis ao próprio deslocamento, o espaço é o mesmo no pólo e no equador, são as condições físicas de temperatura que variam aqui e ali, o domínio da geometria permanece rigorosamente distinto do domínio da física, a forma e o conteúdo do mundo não se mesclam. As propriedades geométricas do objeto permaneceriam as mesmas durante seu deslocamen-

EXPLORAÇÃO DO MUNDO PERCEBIDO: O ESPAÇO

to, não fossem as condições físicas variáveis às quais ele é submetido. Este era o pressuposto da ciência clássica. Tudo muda quando, com as geometrias ditas não euclidianas, chega-se a conceber como que uma curvatura própria do espaço, uma alteração das coisas devida apenas ao seu deslocamento, uma heterogeneidade das partes do espaço e de suas dimensões que não são intercambiáveis e afetam os corpos que nele se deslocam com algumas transformações. No lugar de um mundo em que a parte do idêntico e a parte da mudança estão estritamente delimitadas e se referem a princípios diferentes, temos um mundo em que os objetos não conseguiriam estar em identidade absoluta com eles mesmos, onde forma e conteúdo estão como que baralhados e mesclados, e que, por fim, não oferece mais essa estrutura rígida que lhe era fornecida pelo espaço homogêneo de Euclides. Torna-se impossível distinguir rigorosamente o espaço das coisas no espaço, a idéia pura do espaço do espetáculo concreto que nossos sentidos nos oferecem.

Ora, as pesquisas sobre a pintura moderna concordam curiosamente com as da ciência. O ensinamento clássico distingue o desenho da cor[a]: dese-

---
    a. Segundo a gravação: "o ensinamento clássico, em pintura, distingue o desenho da cor [...]"

nha-se o esquema espacial do objeto, depois este é preenchido por cores. Cézanne, ao contrário, diz: "à medida que se pinta, desenha-se"[2] – querendo dizer que, nem no mundo percebido, nem no quadro[a] que o exprime, o contorno e a forma do objeto são estritamente distintos da cessação ou da alteração das cores, da modulação colorida que deve conter tudo: forma, cor própria, aspecto do objeto, relação do objeto com os objetos vizinhos. Cézanne quer gerar o contorno e a forma dos objetos como a natureza os gera diante de nossos olhos: pelo arranjo das cores. E daí decorre que a maçã que ele pinta, estudada com uma paciência infinita em sua textura colorida, acaba por inflar-se, por romper os limites que o desenho bem comportado lhe imporia. Nesse esforço para reencontrar o mundo tal como o captamos em nossa experiência vivida, todas as precauções da arte clássica são despedaçadas. O ensinamento clássico da pintura baseia-se na perspectiva – ou seja, no fato de que, diante de uma paisagem, por exemplo, o pintor decidia só transportar para sua tela uma representação totalmente convencional do que via. Vê

---

2. Émile Bernard, *Souvenirs sur Paul Cézanne*, Paris. À la rénovation esthétique, 1921, p. 39; retomado em Joachim Gasquet, *Cézanne*, Paris, Bernheim-Jeune, 1926; reedição Grenoble, Cynara, 1988, p. 204.

a. Segundo a gravação: "dentro do quadro".

EXPLORAÇÃO DO MUNDO PERCEBIDO: O ESPAÇO

uma árvore perto dele, depois fixa seu olhar mais adiante, na estrada, por fim, leva-o ao horizonte e, de acordo com o ponto que fixa, as dimensões aparentes dos outros objetos são a cada vez modificadas. Em sua tela, dará um jeito de representar apenas um compromisso entre essas diversas visões e irá esforçar-se por encontrar um denominador comum a todas essas percepções, atribuindo a cada objeto não o tamanho, as cores e o aspecto que apresenta quando o pintor o fixa, mas um tamanho e um aspecto convencionais, os que se ofereceriam a um olhar fixado na linha do horizonte num certo ponto de fuga para o qual se orientam a partir de então todas as linhas da paisagem que vão do pintor ao horizonte. As paisagens assim pintadas têm, portanto, um aspecto tranqüilo, decente, respeitoso, provocado pelo fato de serem dominadas por um olhar fixado no infinito. Elas estão longe, o espectador não está compreendido nelas, elas são afáveis[a], e o olhar desliza com facilidade sobre uma paisagem sem asperezas que nada opõe à sua facilidade soberana. Porém, não é assim que o mundo se apresenta a nós no contato com ele que nos é fornecido pela percepção. A cada momento, enquanto nosso olhar

---

a. Segundo a gravação: "elas são, seria possível dizer, afáveis".

viaja através do espetáculo, somos submetidos a um certo ponto de vista, e esses instantâneos sucessivos não são passíveis de sobreposição para uma determinada parte da paisagem. O pintor só conseguiu dominar essa série de visões e delas tirar uma única paisagem eterna porque interrompeu o modo natural de ver: muitas vezes fecha um olho, mede com seu lápis o tamanho aparente de um detalhe que ele modifica graças a esse procedimento e, submetendo todas essas visões livres a uma visão analítica, constrói desta forma em sua tela uma representação da paisagem que não corresponde a nenhuma das visões livres, domina seu desenvolvimento movimentado, mas também suprime sua vibração e sua vida. Se muitos pintores, a partir de Cézanne, recusaram curvar-se à lei da perspectiva geométrica, é porque queriam recuperar e representar o próprio nascimento da paisagem diante de nossos olhos, é porque não se contentavam com um relatório analítico e queriam aproximar-se do estilo propriamente dito da experiência perceptiva. As diferentes partes de seus quadros são então vistas de ângulos distintos, oferecendo ao espectador pouco atento a impressão de "erros de perspectiva", mas dando aos que observam atentamente o sentimento de um mundo em que jamais dois objetos são vistos simultaneamente, em que, entre as partes do espaço, sempre se interpõe o tempo necessário para levar nosso olhar de uma a outra, em que o ser portanto não está determinado, mas aparece ou transparece através do tempo.

O espaço, assim, não é mais esse meio das coisas simultâneas que poderia ser dominado por um observador absoluto, igualmente próximo de todas elas, sem ponto de vista, sem corpo, sem situação espacial, pura inteligência, em suma – o espaço da pintura moderna, dizia recentemente Jean Paulhan, é "o espaço sensível ao coração"[3], onde também estamos situados, próximos de nós, organicamente ligados a nós. "Pode ser que em um tempo consagrado à medida técnica e como que devorado pela quantidade", acrescentava Paulhan, "o pintor cubista celebre, à sua maneira, num espaço menos concedido à nossa inteligência do que ao nosso coração, algum casamento secreto e uma reconciliação do mundo com o homem"[4].

Depois da ciência e da pintura, também a filosofia e sobretudo a psicologia parecem atentar

---

3. "La Peinture moderne ou l'espace sensible au cœur", *La Table ronde,* n.º 2, fev. 1948, p. 280; "o espaço sensível ao coração", a expressão é retomada nesse artigo remanejado para *La Peinture cubiste,* 1953, Paris, Gallimard, col. "Folio Essais", 1990, p. 174.

4. *La Table ronde, ibid.,* p. 280.

ao fato de que nossas relações com o espaço não são as de um puro sujeito desencarnado com um objeto longínquo, mas as de um habitante do espaço com seu meio familiar. Como, por exemplo, a compreensão da famosa ilusão de ótica já estudada por Malebranche, que faz com que a lua, ao nascer, quando ainda está no horizonte, pareça-nos muito maior do que quando atinge o zênite[5]. Malebranche supunha aqui que a percepção humana, por uma espécie de raciocínio, superestima o tamanho do astro. Com efeito, se o observarmos através de um tubo de papelão ou de uma caixa de fósforos, a ilusão desaparece. Ela deve-se portanto ao fato de que, quando nasce, a lua se apresenta a nós além dos campos, dos muros, das árvores, de que esse grande número de objetos interpostos nos torna sensíveis à sua grande distância, do que concluímos que, para resguardar a grandeza aparente que conserva, estando contudo tão distante, a lua deve ser muito grande. O sujeito que percebe seria aqui comparável ao sábio que julga, estima, conclui, e o tamanho percebido seria na realidade julgado. Não é assim que

---

5. Malebranche, *De la recherche de la vérité*, 1. I, cap. 7, § 5, ed. G. Lewis, Paris, Vrin, t. l, 1945, pp. 39-40; in: *Œuvres complètes*, Paris, Gallimard, col. "La Pléiade", 1979, t. l, pp. 70-1.

a maioria dos psicólogos hoje compreende a ilusão da lua no horizonte. Descobriram por meio de experiências sistemáticas que comportar uma constância notável das grandezas aparentes no plano horizontal corresponde a uma propriedade geral de nosso campo de percepção, enquanto, ao contrário, elas diminuem bem rapidamente com a distância em um plano vertical, e isso indubitavelmente porque o plano horizontal, para nós, seres terrestres, é aquele em que se fazem os deslocamentos vitais, em que se desenvolve nossa atividade. Assim, aquilo que Malebranche interpretava como atividade de uma inteligência pura, os psicólogos dessa escola relacionam com uma propriedade natural de nosso campo de percepção, nós, seres encarnados e obrigados a nos movimentar sobre a terra. Em psicologia, assim como em geometria, a idéia de um espaço homogêneo completamente entregue a uma inteligência sem corpo é substituída pela idéia de um espaço heterogêneo, com direções privilegiadas, que têm relação com nossas particularidades corporais e com nossa situação de seres jogados no mundo. Encontramos aqui, pela primeira vez, essa idéia de que o homem não é um espírito *e* um corpo, mas um espírito *com* um corpo, que só alcança a verdade das coisas porque seu corpo está como que cravado nelas. A próxima conversa nos mostrará que isso não é apenas verdadeiro para o espaço e que, em geral, todo ser exterior só nos é acessível por meio de nosso corpo e é revestido de atributos humanos que fazem dele também uma mescla de espírito e de corpo.

CAPÍTULO III
EXPLORAÇÃO DO MUNDO PERCEBIDO:
AS COISAS SENSÍVEIS

Se, depois de examinar o espaço, considerarmos as próprias coisas que o preenchem e consultarmos a esse respeito um manual clássico de psicologia, nele verificaremos que a coisa é um sistema de qualidades oferecidas aos diferentes sentidos e reunidas por um ato de síntese intelectual. Por exemplo, o limão* é essa forma oval inflada nas duas extremidades, *mais* a cor amarela, *mais* o contato refrescante, *mais* o sabor ácido... Esta análise, contudo, nos deixa insatisfeitos, porque não vemos o que une cada uma dessas qualidades ou propriedades às outras e, entretanto, parece-nos que o limão possui a unidade de um ser, do qual

---

* O autor se refere ao limão siciliano. (N. dos T.)

todas as qualidades são apenas diferentes manifestações.

A unidade da coisa permanece misteriosa enquanto considerarmos suas diferentes qualidades (sua cor, seu sabor, por exemplo) como dados que pertencem aos mundos rigorosamente distintos da visão, do olfato, do tato etc. Porém a psicologia moderna, seguindo nesse aspecto as indicações de Goethe, observou justamente que cada uma dessas qualidades, longe de ser rigorosamente isolada, tem uma significação afetiva que a coloca em correspondência com a dos outros sentidos. Por exemplo, como sabem muito bem aqueles que tiveram de escolher tapetes e papel de parede para um apartamento, cada cor configura uma espécie de atmosfera moral, torna-a triste ou alegre, deprimente ou revigorante; e, como o mesmo ocorre com os sons ou com os dados táteis, pode-se dizer que cada uma equivale a um certo som ou a uma certa temperatura. E é isso que faz com que certos cegos, quando lhes descrevemos as cores, consigam imaginá-las por analogia, por exemplo, com um som. Portanto, desde que se torne a situar a qualidade na experiência humana que lhe confere uma certa significação emocional, começa a tornar-se compreensível sua relação com outras qualidades que não têm nada em comum com ela. Existem até qualidades, bastante numerosas em nossa experiência, que não têm quase nenhum sentido se as separarmos das reações que provocam em nosso corpo. Por exemplo, o melado. O mel é um fluido denso, tem uma certa consistência, é possível pegá-lo, mas, em seguida, traiçoeiramente, escorre entre os dedos e volta a si mesmo. Não apenas se desfaz assim que lhe moldamos, mas ainda, invertendo os papéis, é ele que agarra as mãos daquele que queria pegá-lo. A mão viva, exploradora, que acreditava dominar o objeto, encontra-se atraída por ele e colada no ser exterior. "Num certo sentido", escreve Sartre, a quem devemos essa bela análise, "é como que uma docilidade suprema do possuído, uma fidelidade canina que *se dá* mesmo quando não queremos mais e, num outro sentido, sob essa docilidade, é como que uma apropriação traiçoeira do possuidor pelo possuído."[1] Uma qualidade como o melado – e é o que a torna capaz de simbolizar toda uma conduta humana – só é compreendida pelo debate que estabelece entre mim como sujeito encarnado e o objeto exterior que é seu portador. Dessa qualidade, só existe uma definição humana.

---

1. Jean-Paul Sartre, *L'Être et le Néant*, Paris, Gallimard, 1943; reed. col. "Tel", 1976, p. 671.

Porém, assim considerada, cada qualidade abre-se para as qualidades dos outros sentidos. O mel é açucarado. Ora, o açucarado – "doçura indelével, que permanece indefinidamente na boca e sobrevive à deglutição"[2] – é, na ordem dos sabores, essa própria presença pegajosa que a viscosidade do mel realiza na ordem do tato. Dizer que o mel é viscoso e dizer que é açucarado são duas maneiras de dizer a mesma coisa, ou seja, uma certa relação da coisa conosco ou uma certa conduta que ela nos sugere ou nos impõe, uma certa maneira que ela tem de seduzir, de atrair, de fascinar o sujeito livre que se encontra confrontado com ela. O mel é um certo comportamento do mundo com relação a meu corpo e a mim. E é o que faz com que as diferentes qualidades que possui não sejam meramente justapostas nele, mas, pelo contrário, idênticas na medida em que elas todas manifestam a mesma maneira de ser ou de se comportar no mel. A unidade da coisa não se encontra por trás de cada uma de suas qualidades: ela é reafirmada por cada uma delas, cada uma delas é a coisa inteira. Cézanne dizia que devemos poder pintar o cheiro das árvores[3]. No mesmo sentido, Sar-

---

2. *Ibid.*
3. Joachim Gasquet, *Cézanne,* Paris, Bernheim-Jeune, 1926; reed. Grenoble, Cynara, 1988, p. 133.

tre escreve em *L'Être et le Néant* [O ser e o nada] que cada qualidade é "reveladora do ser" do objeto[4]. "O [amarelo do] limão", prossegue, "estende-se inteiramente através de suas qualidades, e cada uma de suas qualidades estende-se inteiramente através de cada uma das outras. É a acidez do limão que é amarela, é o amarelo do limão que é ácido; comemos a cor de um bolo, e o gosto desse bolo é o instrumento que desvela sua forma e sua cor, ao que chamaremos de intuição alimentar [...]. A fluidez, a temperatura morna, a cor azulada, o movimento ondulante da água de uma piscina são dados concomitantes que se expressam uns através dos outros [...][5]."

As coisas não são, portanto, simples *objetos* neutros que contemplaríamos diante de nós; cada uma delas simboliza e evoca para nós uma certa conduta, provoca de nossa parte reações favoráveis ou desfavoráveis, e é por isso que os gostos de um homem, seu caráter, a atitude que assumiu em relação ao mundo e ao ser exterior são lidos nos objetos que ele escolheu para ter à sua volta, nas cores que prefere, nos lugares onde aprecia passear. Claudel diz que os chineses constroem jardins de pedra, onde tudo é rigorosamente seco

---
4. *L'Être et le Néant, op. cit.*, p. 665.
5. *Ibid.*, p. 227.

e desnudado[6]. Nessa mineralização do ambiente, deve-se ler uma recusa da umidade vital e como que uma preferência pela morte. Os objetos que povoam nossos sonhos são, da mesma forma, significativos. Nossa relação com as coisas não é uma relação distante, cada uma fala ao nosso corpo e à nossa vida, elas estão revestidas de características humanas (dóceis, doces, hostis, resistentes) e, inversamente, vivem em nós como tantos emblemas das condutas que amamos ou detestamos. O homem está investido nas coisas, e as coisas estão investidas nele. Para falar como os psicanalistas, as coisas são os complexos. É o que Cézanne queria dizer quando falava de um certo "halo" das coisas que se transmitirem pela pintura[7].

É isso também o que quer dizer um poeta contemporâneo, Francis Ponge, que eu gostaria de citar como exemplo agora. Em um estudo que Sartre consagrou a Ponge, ele escreveu: as coisas "ha-

---

6. Paul Claudel, *Connaissance de l'Est* (1895-1900), Paris, *Mercure de France*, 1907; reed. 1960, p. 63: "Da mesma forma que uma paisagem não é constituída pela relva e pela cor da folhagem, mas pela harmonia de suas linhas e pelo movimento de seus terrenos, os chineses *constroem* seus jardins literalmente como pedras. Esculpem em vez de pintar. Suscetível de elevações e de profundidades, de contornos e de saliências pela variedade de seus planos e de seus aspectos, a pedra pareceu-lhes mais dócil e mais adequada para criar o local humano do que o vegetal, reduzido ao seu papel natural de decoração e ornamento."

7. Joachim Gasquet, *Cézanne, op. cit.*, p. 205.

bitaram nele por longos anos, elas o povoam, forram o fundo de sua memória, estavam presentes nele [...]; e seu esforço atual é muito mais para pescar no fundo de si mesmo esses monstros pululantes e floridos e para *revelá-los* do que para fixar suas qualidades após observações detalhadas"[8]. E, efetivamente, a essência da água, por exemplo, assim como a de todos os elementos, encontra-se menos em suas propriedades observáveis do que naquilo que nos dizem. Ponge diz o seguinte da água:

"Ela é branca e brilhante, informe e fresca, passiva e obstinada em seu único vício: o peso; dispõe de meios excepcionais para satisfazer esse vício: contornando, penetrando, erodindo, filtrando.

Dentro dela mesma esse vício também age: ela desmorona incessantemente, renuncia a cada instante a qualquer forma, só tende a humilhar-se, esparrama-se de bruços no chão, quase cadáver como os monges de algumas ordens [...]

Poderíamos quase dizer que a água é louca devido a essa necessidade histérica de só obedecer ao seu peso, que a possui como uma idéia fixa [...]

LÍQUIDO é por definição o que prefere obedecer ao peso a manter sua forma, o que recusa toda forma para

---

8. Jean-Paul Sartre, *L'Homme et les Choses*, Paris, Seghers, 1947, pp. 10-1; retomado em *Situations*, I, Paris, Gallimard, 1948, p. 227.

obedecer a seu peso. E que perde toda compostura por causa dessa idéia fixa, desse escrúpulo doentio [...]

Inquietude da água: sensível à menor mudança de inclinação. Saltando as escadas com os dois pés ao mesmo tempo. Brincalhona, de uma obediência pueril, voltando logo que a chamamos mudando a inclinação para este lado."[9]

Vocês encontrarão uma análise do mesmo tipo que se estende a todos os elementos na série de textos que Gaston Bachelard consagrou sucessivamente ao ar[10], à água[11], ao fogo[12] e à terra[13], na qual ele mostra em cada elemento uma espécie de pátria para cada tipo de homem, o tema de seus devaneios, o meio favorito de uma imaginação que orienta sua vida, o sacramento natural que lhe dá força e felicidade. Todas essas pesqui-

---

9. Francis Ponge, *Le Parti pris des choses*, Paris, Gallimard, 1942; reed. col. "Poésie", 1967, pp. 61-3.

10. Gaston Bachelard, *L'Air et les Songes*, Paris, José Corti, 1943 [trad. bras. *O ar e os sonhos: ensaio sobre a imaginação do movimento*, São Paulo, Martins Fontes, 1990].

11. *L'Eau et les Rêves*, Paris, José Corti, 1942 [trad. bras. *A água e os sonhos: ensaio sobre a imaginação da matéria*, São Paulo, Martins Fontes, 1989].

12. La *Psychanalyse du feu*, Paris, Gallimard, 1938 [trad. bras. *A psicanálise do fogo*, São Paulo, Martins Fontes, 1994].

13. *La Terre et les Rêveries de la volonté*, Paris, José Corti, 1948 [trad. bras. *A terra e os devaneios da vontade: ensaios sobre a imaginação das forças*, São Paulo, Martins Fontes, 1991]; e *La Terre et les Rêveries du repos*, Paris, José Corti, 1948 [trad. bras. *A terra e os devaneios do repouso: ensaio sobre as imagens da intimidade*, São Paulo, Martins Fontes, 1990].

sas são tributárias da tentativa surrealista que há trinta anos já procurava nos objetos no meio dos quais vivemos e, sobretudo nos objetos encontrados aos quais nos ligamos às vezes por uma paixão singular, os "catalisadores do desejo", como diz André Breton[14] – o local onde o desejo humano se manifesta ou se "cristaliza".

É assim uma tendência bastante geral reconhecermos[a] entre o homem e as coisas não mais essa relação de distância e de dominação que existe entre o espírito soberano e o pedaço de cera na célebre análise de Descartes, mas uma relação menos clara, uma proximidade vertiginosa que nos impede de nos apreendermos como um espírito puro separado das coisas, ou de definir as coisas como puros objetos sem nenhum atributo humano. Voltaremos a essa observação quando, no final dessas conversas, examinarmos como elas nos conduzem a imaginar a situação do homem no mundo.

---

14. Sem dúvida uma alusão a *L'Amour fou*, Paris, Gallimard, 1937; reed. 1975.

a. Segundo a gravação: "É assim uma tendência bastante geral de nosso tempo reconhecer [...]"

CAPÍTULO IV
EXPLORAÇÃO DO MUNDO PERCEBIDO:
A ANIMALIDADE

Quando se passa da ciência, da pintura e da filosofia clássicas à ciência, à pintura e à filosofia modernas observa-se, como dizíamos nas três conversas anteriores, uma espécie de despertar do mundo percebido. Reaprendemos a ver o mundo ao nosso redor do qual nos havíamos desviado, convictos de que nossos sentidos não nos ensinam nada de relevante e que apenas o saber rigorosamente objetivo merece ser lembrado. Voltamos a ficar atentos ao espaço onde nos situamos e que só é considerado segundo uma perspectiva limitada, a nossa, mas que é também nossa residência e com o qual mantemos relações carnais – redescobrimos em cada coisa um certo estilo de ser que a torna um espelho das condutas humanas –, enfim, entre nós e as coisas estabelecem-se, não mais puras relações entre um pensamento dominador e um objeto ou um espaço completamente expostos a esse pensamento, mas a relação ambígua de um ser encarnado e limitado com um mundo enigmático que ele entrevê, que ele nem mesmo pára de freqüentar, mas sempre por meio de perspectivas que lhe escondem tanto quanto lhe revelam, por meio do aspecto humano que qualquer coisa adquire perante um olhar humano[a].

Porém, nesse mundo assim transformado não estamos sós, nem apenas entre homens. O mundo se oferece também aos animais, às crianças, aos primitivos, aos loucos que o habitam à sua maneira, que também coexistem com ele, e hoje vamos observar que, ao reencontrar o mundo percebido[b], tornamo-nos capazes de encontrar mais sentido e

---

a. O começo dessa "conversa" foi abreviado por ocasião de sua gravação. Merleau-Ponty começa assim: "Dizíamos, nas conversas precedentes, que, quando com o pensamento moderno se volta ao mundo da percepção, observa-se desaparecer entre o homem e as coisas as puras relações entre um pensamento dominador e um objeto ou um espaço completamente expostos a ele. Vê-se aparecer a relação ambígua de um ser encarnado e limitado com um mundo enigmático que ele entrevê, que nem mesmo cessa de freqüentar, mas sempre por meio de perspectivas que lhe escondem tanto quanto lhe revelam, por meio do aspecto humano que qualquer coisa adquire perante um olhar humano."

b. Segundo a gravação: "também se oferece aos animais, às crianças, aos primitivos, aos loucos que o habitam, como nós, que à sua maneira coexistem com ele, e hoje veremos que, ao reencontrar o mundo percebido [...]".

mais interesse nessas formas extremas ou aberrantes da vida ou da consciência, de modo que, por fim, é o espetáculo integral do mundo e o do próprio homem que recebem um novo significado[a].

Sabemos que o pensamento clássico não dá muita atenção ao animal, à criança, ao primitivo e ao louco. Lembramos que Descartes não via no animal nada além de uma soma de rodas, alavancas, molas[1], enfim, de uma máquina; quando não era uma máquina, o animal era, no pensamento clássico, um esboço de homem, e muitos entomologistas não hesitaram em projetar nele as características principais da vida humana. O conhecimento das crianças e dos doentes permaneceu por muito tempo rudimentar justamente em virtude desses preconceitos: as questões que o médico ou o experimentador lhes colocavam eram questões de homem[b]; procurava-se menos compreender como viviam por conta própria do que calcular a distância que os separava do adulto ou do homem

---

a. Por ocasião da leitura, o último segmento de frase "de modo que por fim [...] um novo significado" foi suprimido.

1. *Discours de la méthode* [trad. bras. *Discurso do método*, São Paulo, Martins Fontes, 2.ª ed., 1996.] V parte. In: *Œuvres*, ed. A.T., Paris, Cerf, 1902; reed. Paris, Vrin, 1996, vol. VI, pp. 57-8; in: *Œuvres et lettres*, Paris, Gallimard, col. "La Pléiade", 1937, reed. 1953, p. 164.

b. Segundo a gravação: "as questões que o médico ou experimentador lhes colocavam eram questões de homens sadios ou de adultos".

sadio em seus desempenhos comuns. Quanto aos primitivos, ou procurava-se neles uma imagem embelezada do civilizado ou ao contrário, como Voltaire em *Essai sur les moeurs* [Ensaio sobre os costumes][2], encontrava-se em seus costumes ou em suas crenças apenas uma série de absurdos inexplicáveis. Tudo acontece como se o pensamento clássico tivesse se mantido preso em um dilema: ou o ser com o qual nos defrontamos é assimilável a um homem, sendo então permitido atribuir-lhe por analogia as características geralmente reconhecidas no homem adulto e sadio, ou ele nada mais é do que um mecanismo cego, um caos vivo, e não há então nenhum meio de encontrar um sentido em sua conduta.

Por que, então, tantos escritores clássicos mostram indiferença com respeito aos animais, às crianças, aos loucos, aos primitivos?[a] É que estão convencidos de que existe um *homem rematado*, destinado a ser "senhor e possuidor" da natureza, como dizia Descartes[3], capaz, assim, por princípio, de penetrar até o ser das coisas, de constituir um

---

2. *Essai sur l'histoire générale et sur les mœurs et l'esprit des nations, depuis Charlemagne jusqu'à nos jours* (1753, ed. aumentada 1761-1763).

a. Frase interrogativa suprimida quando da gravação.

3. *Discours de la méthode*, VI parte. In: *Œuvres*, ed. A.T., *loc. cit.*, vol. VI, p. 62, 1. 7-8; in: *Œuvres et lettres*, *loc. cit*, p. 168.

conhecimento soberano, de decifrar todos os fenômenos e não somente os de natureza física, mas ainda aqueles que a história e a sociedade humanas nos mostram, de explicá-los por suas causas e finalmente de encontrar, em algum acidente de seu corpo, a razão das anomalias que mantêm a criança, o primitivo, o louco, o animal à margem da verdade[a]. Para o pensamento clássico, existe uma razão de direito divino que efetivamente concebe a razão humana como reflexo de uma razão criadora, ou postula, *como ocorre freqüentemente,* um acordo de princípio entre a razão dos homens e o ser das coisas, mesmo após ter renunciado a toda teologia[b]. Sob tal perspectiva, as anomalias de que falamos só podem ter o valor de curiosidades psicológicas, às quais se atribui, com condescendência, um lugar num canto qualquer da psicologia e da sociologia "normais".

---

a. Segundo a gravação: "É que o pensamento clássico está convencido de que existe um *homem rematado* destinado a ser 'senhor e possuidor' da natureza, como dizia Descartes, capaz assim, por princípio, de penetrar até o ser das coisas, de decifrar todos os fenômenos e não apenas os de natureza física, mas ainda aqueles que a história e a sociedade humanas nos mostram, de explicá-los por suas causas e finalmente de encontrar em alguma causa corporal ou social a razão das anomalias que mantêm a criança, o primitivo, o louco, o animal à margem da verdade."

b. Segundo a gravação: "ou, mesmo após ter renunciado a toda teologia, dela recolhe, sem dizê-lo, sua herança e postula um acordo de princípio entre a razão dos homens e o ser das coisas".

Porém, é precisamente essa convicção, ou melhor, esse dogmatismo, que uma ciência e uma reflexão mais amadurecidas colocam em questão. Com certeza, nem o mundo da criança, nem o do primitivo, nem o do doente, nem, com mais razão ainda, o do animal, na medida em que podemos reconstituí-lo por sua conduta, constituem sistemas coerentes, enquanto, ao contrário, o mundo do homem sadio, adulto e civilizado esforça-se por conquistar essa coerência. Porém, o ponto essencial é que o mundo não *tem* essa coerência, ela permanece uma idéia ou um limite que de fato jamais é atingido e, conseqüentemente, o "normal" não pode fechar-se sobre si, ele deve preocupar-se em compreender as anomalias das quais não está totalmente isento. Ele é convidado a examinar-se sem complacência, a redescobrir em si toda espécie de fantasias, de devaneios, de condutas mágicas, de fenômenos obscuros, que permanecem onipotentes em sua vida particular e pública, em suas relações com os outros homens, que até deixam, em seu conhecimento da natureza, todos os tipos de lacunas pelas quais se insinua a poesia. O pensamento adulto, normal e civilizado é preferível ao pensamento infantil, mórbido ou bárbaro, mas com uma condição, a de que não se considere pensamento de direito divino, que se confronte

EXPLORAÇÃO DO MUNDO PERCEBIDO: A ANIMALIDADE

cada vez mais honestamente com as obscuridades e as dificuldades da vida humana, que não perca contato com as raízes irracionais dessa vida e finalmente que a razão reconheça que seu mundo também é inacabado, não finja ter ultrapassado o que se limitou a mascarar e não tome por incontestáveis uma civilização e um conhecimento que ela tem como função mais elevada, pelo contrário, contestar[a].

É nesse espírito que a arte e o pensamento modernos reconsideram[b], com um interesse renovado, as formas de existência mais afastadas de nós, porque elas colocam em evidência esse movimento pelo qual todos os seres vivos e nós mesmos tratamos de dar forma a um mundo que não está predestinado às iniciativas de nosso conhecimento e de nossa ação. Enquanto o racionalismo clássico não introduzia[c] nenhum mediador entre a matéria e a inteligência e relegava os seres vivos, se não inteligentes, à categoria de simples máquinas, e a própria noção de vida à categoria das idéias confusas, os psicólogos de hoje nos mostram, pelo contrário, que existe uma percepção da

---

    a. Segundo a gravação: "uma civilização e um conhecimento que ela tem como função mais peculiar é, pelo contrário, discutir e contestar".
    b. Segundo a gravação: "Nesse espírito, a arte e o pensamento modernos reconsideram [...]."
    c. Segundo a gravação: "via".

vida cujas modalidades tentam descrever. No ano passado, em um trabalho interessante sobre a percepção do movimento[4], A. Michotte[a], de Louvain, mostrava que certos deslocamentos de traços luminosos sobre uma tela nos fornecem, indiscutivelmente, a impressão de um movimento vital. Se, por exemplo, dois traços verticais e paralelos se afastam um do outro, e se em seguida, enquanto o primeiro prossegue seu movimento, o segundo inverte o seu e se recoloca, em relação ao primeiro, na posição inicial, temos irresistivelmente o sentimento de assistir a um movimento de reptação, embora a figura exposta ao nosso olhar não se assemelhe em nada a uma lagarta, e nem mesmo evoque sua lembrança. Aqui é a própria estrutura do movimento que se deixa ler como movimento "vital". O deslocamento das linhas observado aparece a cada instante como um momento de uma ação global na qual um certo ser, cujo fantasma vemos[b] na tela, realiza em seu proveito um movimento espacial. Durante a "reptação", o espectador acredita ver uma matéria virtual, uma espécie de protoplasma fictício escorrer desde o centro do

---

4. Albert Michotte, *La Perception de la causalité*, Louvain, Institut Supérieur de Psychologie, 1947.
  a. Segundo a gravação: "No ano passado, por exemplo, A. Michotte [...]."
  b. Segundo a gravação: "um certo ser do qual entrevemos".

"corpo" até os prolongamentos móveis que ele lança diante de si. Assim, apesar do que talvez afirmasse uma biologia mecanicista[a], o mundo no qual vivemos, em todo caso, não é feito apenas de coisas e de espaço; alguns desses fragmentos de matéria que chamamos de seres vivos se põem a desenhar em seu ambiente e por seus gestos ou por seu comportamento uma visão das coisas que é a sua visão das coisas e que nos aparecerá apenas se nos prestarmos ao espetáculo da animalidade, se coexistirmos com a animalidade, em vez de lhe recusar, temerariamente, qualquer espécie de interioridade.

Em suas experiências feitas há vinte anos, o psicólogo alemão Köhler tratava de reconstituir a estrutura do universo dos chimpanzés[5]. Assinalava, precisamente, que a originalidade da vida animal não pode aparecer enquanto lhe propusermos, como era o caso de muitas experiências clássicas, problemas que não são os seus. O comportamento do cachorro pode parecer absurdo e maquinal quando o problema que ele tem de resolver é acionar uma fechadura ou uma alavanca[b]. Isso não

---

a. Inciso suprimido quando da gravação.

5. Wolfgang Köhler, *L'Intelligence des singes supérieurs*, Paris, Alcan, 1927.

b. Por ocasião da gravação, Merleau-Ponty acrescenta: "isto é, utilizar instrumentos humanos".

quer dizer que, considerado em sua vida espontânea e diante das questões que ela coloca, o animal não trate seu ambiente segundo as leis de uma espécie de física ingênua, não apreenda algumas relações e não as utilize para chegar a certos resultados, enfim, não elabore as influências do meio de uma maneira característica da espécie.

É porque o animal é o centro de uma espécie de "colocação em forma" do mundo, é porque ele tem um comportamento, é porque revela, explicitamente, nas tentativas de uma conduta pouco segura e pouco capaz de aquisições acumuladas[a], o esforço de uma existência jogada no mundo cuja chave não possui, é, sem dúvida, porque a vida animal nos lembra assim de nossos fracassos e de nossos limites que ela tem uma imensa importância nos devaneios[b] dos primitivos e nos[c] de nossa vida oculta[d]. Freud mostrou que a mitologia animal dos primitivos é recriada por cada criança de cada ge-

---

a. Segundo a gravação: "o animal é, pois, o centro de uma espécie de 'colocação em forma' do mundo, ele tem um comportamento, nas tentativas de uma conduta pouco segura e pouco capaz, na verdade, de aquisições acumuladas [...]."

b. Segundo a gravação: "nos mitos".

c. Segundo a gravação: "nos devaneios".

d. Depois dessa frase, por ocasião da gravação, Merleau-Ponty acrescenta: "o animal nos proporciona essa surpresa e esse choque, ele que não entra no mundo humano e se contenta com sofrê-lo, com mostrar-nos contudo os emblemas de nossa vida, que, reconduzida assim ao âmago da natureza original, perde de imediato sua evidência e sua suficiência".

ração, que a criança se enxerga, enxerga a seus pais e os conflitos que tem com estes nos animais que ela encontra[a], a tal ponto que o cavalo se torna nos sonhos do pequeno Hans[6] um poder maléfico tão incontestável quanto os animais sagrados dos primitivos. Em um estudo sobre Lautréamont[7], Bachelard observa que encontramos 185 nomes de animais nas 247 páginas dos *Chants de Maldoror* [Cantos de Maldoror]. Mesmo um poeta como Claudel que, como cristão, poderia ser levado a subestimar tudo o que não é o homem, recupera a inspiração do Livro de Jó e pede que se "interroguem os animais."[8]

"Existe", escreve, "uma gravura japonesa que representa um elefante rodeado de cegos. É uma comissão encarregada de identificar essa intervenção monumental nos assuntos humanos. O primeiro abraça uma das patas e diz: 'É uma árvore.'

---

a. Segundo a gravação: "a criança se enxerga, enxerga seus pais e os conflitos em que se implica com eles nos animais que encontra".

6. Sigmund Freud, *Cinq Psychanalyses*, "Analyse d'une phobie chez un petit garçon de 5 ans", trad. fr. M. Bonaparte, *Revue Française de Psychanalyse*, t. 2, fasc. 3, 1928 [trad. bras. *Análise de uma fobia em um menino de cinco anos: o pequeno Hans*, Rio de Janeiro, Imago, 1999]; reed. Paris, PUF, 1954, pp. 93-198.

7. Gaston Bachelard, *Lautréamont*, Paris, José Corti, 1939.

8. Paul Claudel, "*Interroge les animaux*", *Figaro littéraire*, n.º 129, 3.º ano, 9 de outubro de 1948, p. 1; retomado em "Quelques planches du Bestiaire spirituel". In: *Figures et paraboles*, in: *Œuvres en prose*, Paris, Gallimard, col. "La Pléiade", 1965, p. 982-1000.

'É verdade', diz o segundo, que descobre as orelhas, 'Aqui estão as folhas'. 'De jeito nenhum', diz o terceiro, que passa sua mão pelo flanco, 'é um muro!' 'É uma corda', exclama o quarto, que pega a cauda. 'É um cano', replica o quinto que pega a tromba...

"Da mesma forma", prossegue Claudel, "nossa Mãe, a Santa Igreja Católica que possui do animal sagrado a massa, o jeito e o temperamento bonachão, sem falar dessa dupla presa de puro marfim que lhe sai da boca. Eu a vejo, as quatro patas nessas águas que lhe chegam diretamente do paraíso, e com a tromba sorvendo-as para batizar copiosamente todo o seu corpo enorme."[9]

Gostamos de imaginar Descartes ou Malebranche lendo esse texto[a] e encontrando os animais, que para eles eram máquinas, encarregados de sustentar os emblemas do humano e do sobre-humano. Essa reabilitação dos animais supõe, como veremos na próxima conversa, um humor e uma espécie de humanismo malicioso dos quais eles estavam bem distantes[b].

---

9. Paul Claudel, *Figaro littéraire, ibid.*, p. 1; "Quelques compères oubliés", retomado em "Quelques planches du Bestiaire spirituel". In: *Œuvres en prose, op. cit.*, p. 999.

a. Segundo a gravação: "lendo esse texto de Claudel".

b. Segundo a gravação: "Veremos, na próxima conversa, que essa reabilitação dos animais supõe um humor e uma espécie de humanismo malicioso bem alheios ao pensamento clássico."

CAPÍTULO V
O HOMEM VISTO DE FORA

Até aqui tentamos observar o espaço, as coisas e os seres vivos que habitam este mundo através dos olhos da percepção, esquecendo aquilo que uma familiaridade demasiado longa com eles nos leva a achar "completamente natural", considerando tal como se oferecem a uma experiência ingênua. Agora, deveríamos repetir a mesma tentativa com relação ao próprio homem[a]. Porque, certamente, há trinta séculos ou mais, muitas coisas

---

a. O começo do texto foi modificado por ocasião da gravação: "Até agora, tentamos observar o espaço, as coisas e os seres vivos que habitam este mundo através dos olhos da percepção, esquecendo aquilo que uma familiaridade demasiado longa com eles nos leva a achar 'totalmente natural', considerando-os tal como eles se oferecem a uma experiência ingênua. Agora, deveríamos repetir a mesma tentativa com relação ao próprio homem."

já foram ditas sobre o homem, mas freqüentemente foram descobertas pela reflexão. Quero dizer que, ao tentar saber o que é o homem, um filósofo como Descartes submetia a um exame crítico as idéias que se apresentavam a ele – por exemplo, as de espírito e de corpo. Ele as purificava, expurgava-as de qualquer espécie de obscuridade ou de confusão. Enquanto a maioria dos homens entende por espírito algo como uma matéria muito sutil, ou uma fumaça, ou um sopro – seguindo nisso o exemplo dos primitivos –, Descartes mostrava limpidamente que o espírito não corresponde a nada de parecido, ele é de uma natureza completamente distinta, já que a fumaça e o sopro são, a seu modo, coisas, ainda que bem sutis, ao passo que o espírito não é absolutamente uma coisa, não habitando o espaço, disperso como todas as coisas por uma certa extensão, mas sendo, pelo contrário, completamente concentrado, indiviso, não sendo nada mais, finalmente, do que se recolhe e se reúne infalivelmente, que conhece a si mesmo[a].

---

a. O texto que vai de "quero dizer que, ao tentar saber o que é o homem" até "não sendo finalmente do que um ser que se recolhe e se reúne infalivelmente, que conhece a si mesmo" foi suprimido por ocasião da gravação. Merleau-Ponty prossegue: "Descartes, por exemplo, desvia-se do exterior e só chega a definir-se claramente quando descobre um espírito em si mesmo, ou seja, uma espécie de ser que não ocupa nenhum espaço, não se espalha pelas coisas, e não é nada além de um puro conhecimento de si mesmo", e então retoma a leitura.

Chegava-se assim a uma noção pura do espírito e a uma noção pura da matéria ou das coisas. Porém, é claro que só encontro esse espírito completamente puro e, por assim dizer, só o toco em mim mesmo. Os outros homens nunca são puro espírito para mim: só os conheço através de seus olhares, de seus gestos, de suas palavras, em suma, através de seus corpos. Certamente, para mim, *um outro* está bem longe de reduzir-se a seu corpo. Um outro é esse corpo animado de todos os tipos de intenções, sujeito de ações ou afirmações das quais me lembro e que contribuem para o esboço de sua figura moral para mim. Por fim, eu não conseguiria dissociar alguém de sua silhueta, de seu estilo, de seu jeito de falar. Observando-o por um minuto, apreendo-o de imediato, bem melhor do que enumerando tudo o que sei sobre ele por experiência e por ouvir dizer. Os outros são para nós espíritos que habitam um corpo, e a aparência total desse corpo parece-nos conter todo um conjunto de possibilidades das quais o corpo é a presença propriamente dita[a]. Assim, ao considerar o homem de fora, isto é, no outro, é provável que eu

---

a. O trecho que vai de "Certamente, *um outro*" até "das quais o corpo é a presença propriamente dita" foi suprimido por ocasião da gravação. Merleau-Ponty conserva apenas: "eu não conseguiria dissociar alguém de sua silhueta, de seu estilo, de seu jeito de falar". Ele retoma a leitura a partir daqui.

seja levado a reexaminar certas distinções que, no entanto, parecem impor-se, como a distinção entre o espírito e o corpo.

Observemos, então, do que se trata essa distinção e vamos raciocinar a partir de um exemplo[a]. Suponhamos que eu me encontre diante de alguém que, por qualquer motivo, esteja violentamente irritado comigo. Meu interlocutor fica com raiva, e eu digo que ele exprime sua raiva por meio de palavras violentas, de gestos, de gritos... Porém, onde se encontra essa raiva? Alguém poderá responder: está no espírito do meu interlocutor. Isso não é muito claro. Porque, afinal, essa maldade, essa crueldade que leio nos olhares de meu adversário, não consigo imaginá-las separadas de seus gestos, de suas palavras, de seu corpo. Tudo isso não acontece fora do mundo e como que num santuário distante do corpo[b] do homem com raiva. Está bem claramente aqui, a raiva explode nesta sala e neste lugar da sala, é neste espaço entre mim e ele que ela ocorre. Concordo que a raiva de meu adversário não acontece em seu rosto, no mesmo sentido em que talvez, daqui a pouco, as lágrimas vão escorrer de seus olhos, uma contra-

---

a. Essa frase foi suprimida por ocasião da gravação.
b. Segundo a gravação: "um santuário retirado por trás do corpo".

ção vai marcar sua boca[a]. Porém, enfim, a raiva habita nele e aflora à superfície de suas bochechas pálidas ou violáceas, de seus olhos injetados de sangue, dessa voz esganiçada... E se, por um instante, deixo meu ponto de vista de observador exterior da raiva, se tento lembrar-me de como ela aparece a mim quando estou com raiva, sou obrigado a confessar que as coisas não ocorrem de forma diferente: a reflexão sobre minha própria raiva nada me mostra que seja separável ou que possa, por assim dizer, ser descolado de meu corpo. Quando me lembro de minha raiva de Paulo, encontro-a não em meu espírito ou em meu pensamento, mas inteiramente entre mim que vociferava e esse detestável Paulo, tranqüilamente sentado ali me escutando com ironia. Minha raiva era somente uma tentativa de destruição de Paulo, que permanece verbal, se sou pacífico, até cortês, se sou educado, mas afinal ela acontecia no espaço comum em que trocávamos argumentos em vez de golpes, e não em mim. Só posteriormente, refletindo sobre o que é a raiva e observando que ela encerra uma certa avaliação (negativa) do outro, que concluo: afinal, a raiva é um pensamen-

---

a. Essa frase foi suprimida por ocasião da gravação. Merleau-Ponty retoma em: "a raiva habita nele e aflora [...]"

to, estar com raiva é pensar que o outro é detestável e, como mostrou Descartes, esse pensamento, como todos os outros, não pode residir em nenhum fragmento de matéria. Ela é, portanto, espírito. Posso perfeitamente refletir assim, mas a partir do momento em que me volto para a experiência propriamente dita da raiva[a] que motiva minha reflexão devo confessar que ela não estava fora de meu corpo, não era animada de fora, mas estava inexplicavelmente nele.

Encontramos tudo em Descartes, como em todos os grandes filósofos, e é assim que ele, que havia distinguido rigorosamente o espírito do corpo, chegou a afirmar que a alma era não apenas o chefe e o comandante do corpo, como o piloto em seu navio[1], e sim tão estreitamente unida a ele que

---

a. Segundo a gravação: "a raiva".

1. René Descartes, *Discours de la méthode* (1637), parte V. In: *Œuvres*, ed. A.T., *op. cit.*, vol. VI, p. 59, 1. 10-12; *in Œuvres et lettres, op. cit.*, p. 166: "Eu havia [...] demonstrado [...] como não basta que [a alma] esteja alojada no corpo humano, como um piloto em seu navio, se não talvez apenas para mover seus membros, mas que é necessário que ela esteja junto e unida mais estreitamente com ele, para ter além disso sentimentos e apetites semelhantes aos nossos [...]"; *Meditationes de prima philosophia* (1.ª ed. 1641), [trad. bras. *Meditações sobre filosofia primeira*, Campinas, Cemodecon IFCH-Unicamp, 1999], VI, Meditação. In: *Œuvres*, ed. A.T., vol. VII, p. 81, 1. 2-3; *Méditations métaphysiques* (1647), in *Œuvres*, ed. A.T., vol. IX, p. 64; in: *Œuvres et lettres, op. cit.*, p. 326: "A natureza me ensina também, por esses sentimentos de dor, de fome, de sede etc., que eu não estou apenas alojado em meu corpo, como um piloto em seu navio, mas que, além disso, estou muito estreitamente unido a ele e tão confundido e mesclado que componho com ele como que um só todo."

nele sofre, como observamos quando dizemos que temos dor de dente.

Só que, segundo Descartes, quase não podemos falar dessa união da alma e do corpo, podemos apenas experimentá-la pela prática da vida; para ele, qualquer que seja nossa condição de fato e mesmo se de fato vivemos, segundo seus próprios termos, uma verdadeira "mescla" do espírito com o corpo, isso não nos tira o direito de distinguir absolutamente o que está unido em nossa experiência, de manter em direito a separação radical do espírito e do corpo, que é negada pelo fato de sua união e, finalmente, de definir o homem sem se preocupar com sua estrutura imediata e tal como ele aparece a si mesmo na reflexão: como um pensamento esquisitamente vinculado a um aparelho corporal, sem que a mecânica do corpo ou a transparência do pensamento sejam comprometidas pela sua mescla. Pode-se dizer que, a partir de Descartes, exatamente aqueles que seguiram com mais fidelidade seu ensinamento nunca deixaram de perguntar-se, precisamente, como pode nossa reflexão, que é reflexão sobre um determinado homem, livrar-se das condições às quais este parece sujeito em sua situação inicial[a].

---

a. Por ocasião da gravação, esse parágrafo foi modificado: "Só que, se podemos viver essa união da alma e do corpo, quase não podemos falar

Ao descreverem essa situação, os psicólogos de hoje insistem no fato[a] de que não vivemos a princípio na consciência de nós mesmos – nem mesmo, aliás, na consciência das coisas – mas na experiência do outro. Só sentimos que existimos depois de já ter entrado em contato com os outros, e nossa reflexão é sempre um retorno a nós mesmos que, aliás, deve muito à nossa freqüentação do outro. Um bebê de alguns meses já tem habilidade suficiente para distinguir a simpatia, a raiva e o medo no rosto do outro, num momento em que ainda não poderia ter aprendido, pelo exame de seu próprio corpo, os sinais físicos dessas emoções. É portanto porque o corpo do outro, com suas diversas gesticulações, lhe aparece de imediato investido de uma significação emocional, é assim que ele aprende a conhecer o espírito, tanto como comportamento visível quanto na intimidade de seu próprio espírito. E o próprio adulto[b] descobre na sua

---

dela e, qualquer que seja nossa condição de fato e mesmo se de fato vivemos uma verdadeira 'mescla' do espírito com o corpo, isso não nos tira o direito de distinguir absolutamente o que está unido na nossa experiência, de manter em princípio a separação radical do espírito e do corpo, que é negada pelo fato de sua união. Os sucessores de Descartes deviam precisamente pôr em dúvida que se pudesse, assim, separar o que é de fato e o que é em princípio. Eles denunciaram essa espécie de compromisso." A leitura recomeça aqui.

a. Segundo a gravação: "Descrevendo então nossa condição de fato, os psicólogos de hoje insistem em que [...]."
b. Segundo a gravação: "por sua vez".

vida mesma o que sua cultura, o ensino, os livros, a tradição lhe ensinaram a nela ver. Nosso contato conosco sempre se faz por meio de uma cultura, pelo menos por meio de uma linguagem que recebemos de fora[a] e que nos orienta para o conhecimento de nós mesmos. De modo que, afinal, o puro si-mesmo, o espírito, sem instrumentos e sem história, se é de fato como uma instância crítica que opomos à intrusão pura e simples das idéias que nos são sugeridas pelo meio, só se realiza, em liberdade de fato, por meio da linguagem e participando da vida do mundo[b].

Disso resulta uma imagem do homem e da humanidade que é bem diferente daquela da qual partimos. A humanidade não é uma soma de indivíduos, uma comunidade de pensadores em que cada um, em sua solidão, obtém antecipadamente a certeza de se entender com os outros, porque eles participariam todos da mesma essência pensante. Tampouco é, evidentemente, um único Ser[c] ao qual a pluralidade dos indivíduos estaria fun-

---

a. Na gravação, o fim da frase foi suprimido.
b. Segundo a gravação: "De modo que, afinal, o puro si-mesmo, o espírito sem corpo, sem instrumentos e sem história, se é de fato uma instância crítica que opomos à intrusão pura e simples das idéias que nos são sugeridas pelo meio, só se realiza por meio da linguagem e participando da vida do mundo."
c. Segundo a gravação: "um grande Ser".

dida e estaria destinada a se incorporar. Ela está, por princípio, em situação instável: cada um só pode acreditar no que reconhece interiormente como verdade – e, ao mesmo tempo, cada um só pensa e decide depois de já estar preso em certas relações com o outro, que orientam preferencialmente para determinado tipo de opiniões. Cada ser é só, e ninguém pode dispensar os outros, não apenas por sua utilidade – que não está em questão aqui –, mas para sua felicidade. Não há vida em grupo que nos livre do peso de nós mesmos, que nos dispense de ter uma opinião; e não existe vida "interior" que não seja como uma primeira experiência de nossas relações com o outro. Nesta situação ambígua na qual somos lançados porque temos um corpo e uma história pessoal e coletiva, não conseguimos encontrar repouso absoluto, precisamos lutar o tempo todo para reduzir nossas divergências, para explicar nossas palavras mal compreendidas, para manifestar nossos aspectos ocultos, para perceber o outro. A razão e o acordo dos espíritos não pertencem ao passado, estão, presumivelmente, diante de nós, e somos tão incapazes de atingi-los definitivamente quanto de renunciar a eles[a].

---

a. Segundo a gravação: "e somos assim tão incapazes de renunciar a eles quanto de possuí-los para sempre definitivamente".

Compreende-se que nossa espécie, engajada assim numa tarefa que jamais está concluída nem poderia estar, e que não se destina necessariamente a conseguir terminá-la, mesmo que relativamente, encontra nessa situação ao mesmo tempo um motivo de inquietude e um motivo de coragem. Na verdade, os dois motivos são apenas um. Porque a inquietude é vigilância, é a vontade de julgar, de saber o que se faz e o que se propõe. Se não existe fatalidade boa, tampouco existe fatalidade ruim, e a coragem consiste em referir-se a si e aos outros de modo que, através de todas as diferenças das situações físicas e sociais, todos deixem transparecer em sua própria conduta e em suas próprias relações a mesma chama, que faz com que os reconheçamos, que tenhamos necessidade de seu assentimento ou de sua crítica, que tenhamos um destino comum[a]. Simplesmente, esse humanismo dos modernos não tem mais o tom peremptório dos séculos precedentes. Não nos vangloriemos mais de ser uma comunidade de espíritos puros, vejamos o que são realmente as relações de uns com os outros nas nossas socieda-

---

   a. Por ocasião da gravação, o parágrafo a partir de "compreende-se que nossa espécie [...]" foi suprimido. A leitura é retomada em: "o humanismo dos modernos [...]".

des: a maior parte do tempo, relações de senhor e escravo. Não nos desculpemos por nossas boas intenções, vejamos o que elas se tornam assim que saem de nós[a]. Existe algo saudável nesse olhar exterior com que nos propomos a considerar nossa espécie[b]. Em outros tempos, em *Micromégas*, Voltaire imaginou um gigante de um outro planeta diante de nossos costumes, que só podiam parecer irrisórios para uma inteligência maior do que a nossa. Ao nosso tempo foi reservado julgar-se não de cima, o que é amargo e maldoso, mas de alguma maneira de baixo[c]. Kafka imagina um homem metamorfoseado em ortóptero[2], que considera a família com uma visão de ortóptero. Kafka imagina as pesquisas de um cachorro que se de-

---

a. Segundo a gravação: "Não nos vangloriemos mais de ser uma comunidade de espíritos puros, constatamos perfeitamente que as boas intenções de cada um (proletário, capitalista, francês, alemão), vistas de fora e pelos outros, têm por vezes um aspecto horrível." A leitura recomeça aqui.

b. Segundo a gravação: "olhar exterior com que consideramos assim nossa espécie".

c. Por ocasião da gravação, Merleau-Ponty diz no lugar desta frase: "Existe, nesse ponto, amargura, maldade. Os modernos têm mais humor de verdade. Eles tomam por testemunho o que existe de contingente nas sociedades humanas, não uma inteligência superior à nossa, mas simplesmente uma inteligência diferente".

2. Franz Kafka, *La Métamorphose*, trad. fr. A. Vialatte, Paris, Gallimard, 1938 [trad. bras. *A metamorfose*, São Paulo, Companhia das Letras, 2.ª ed., 2000.]

para com o mundo humano[3]. Descreve sociedades encerradas na concha dos costumes que adotaram, e hoje Maurice Blanchot descreve uma cidade fixada na evidência de sua lei[4], da qual todos participam tão intimamente que não experimentam mais nem sua própria diferença, nem a dos outros. Observar o homem de fora é a crítica e a saúde do espírito. Porém não para sugerir, como Voltaire, que tudo é absurdo. Mais para sugerir, como Kafka, que a vida humana está sempre ameaçada e para preparar, pelo humor, os momentos raros e preciosos em que acontece aos homens se reconhecerem e se encontrarem[a].

---

3. Franz Kafka, *Recherches d'un chien*. In: *La Muraille de Chine*, trad. fr. J. Carrive e A. Vialatte, Villeneuve-lès-Avignon, Seghers, 1944, reed. Paris, Gallimard, 1950 [trad. bras. *Muralha da China*, São Paulo, Clube do Livro, 1968].

4. Maurice Blanchot, *Le Très-Haut*, Paris, Gallimard, 1948.

a. Por ocasião da gravação, Merleau-Ponty modifica o final a partir de "Descreve as sociedades" e substitui por "Ou, finalmente, imagina um personagem simples, de boa-fé, pronto para se reconhecer culpado e que depara com uma lei estrangeira, com um poder incompreensível, com a coletividade, com o Estado. Kafka não apela da loucura dos homens com a sabedoria de Micromégas. Ele não acredita que exista um Micromégas. Não espera por nenhum no futuro. Menos otimista, mas também menos maldoso para com seu tempo do que Voltaire, ele prepara pelo humor os momentos raros e preciosos em que acontece aos homens de se reconhecerem e de se encontrarem".

CAPÍTULO VI
A ARTE E O MUNDO PERCEBIDO

Quando, em nossas conversas anteriores, procuramos reviver o mundo percebido que os sedimentos do conhecimento e da vida social nos escondem, muitas vezes recorremos à pintura, porque esta torna a nos situar imperiosamente diante do mundo vivido[a]. Em Cézanne, Juan Gris, Braque, Picasso encontramos objetos de diversas maneiras – limões, bandolins, cachos de uva, maços de cigarro – que não se insinuam ao olhar como objetos bem conhecidos, mas, ao contrário, detêm o olhar, colocam-lhe questões, comunicam-lhe estranhamente sua substância secreta, o próprio modo de sua materialidade e, por assim dizer, "san-

---
    a. Por ocasião da gravação, Merleau-Ponty suprime a parte da frase desde "porque a pintura" até "mundo vivido".

gram" diante de nós. Assim, a pintura nos reconduzia à visão das próprias coisas. Inversamente, como que por uma troca de favores, uma filosofia da percepção que queira reaprender a ver o mundo restituirá à pintura e às artes em geral seu lugar verdadeiro, sua verdadeira dignidade e nos predisporá a aceitá-las em sua pureza.

O que aprendemos de fato ao considerar o mundo da percepção? Aprendemos que nesse mundo é impossível separar as coisas de sua maneira de aparecer. Decerto, quando defino uma mesa de acordo com o dicionário – prancha horizontal sustentada por três ou quatro suportes e sobre a qual se pode comer, escrever etc. – posso ter o sentimento de atingir como que a essência da mesa[a], e me desinteresso de todos os atributos que podem acompanhá-la, forma dos pés, estilo das molduras etc., mas isto não é perceber, é definir. Quando, pelo contrário, percebo uma mesa, não me desinteresso da *maneira* como ela cumpre sua função de mesa, e o que me interessa é a maneira, a cada vez singular, com que ela sustenta seu tampo, é o movimento único, desde os pés até o tampo, que ela opõe ao peso e que torna cada mesa

---

a. Segundo a gravação: "tenho o sentimento de atingir a essência da mesa [...]."

distinta de todas as outras. Aqui não há detalhe que seja insignificante – fibra da madeira, forma dos pés, a própria cor, idade da madeira, riscos ou arranhões que marcam essa idade –, e a significação "mesa" só me interessa na medida em que emerge de todos os "detalhes" que encarnam sua modalidade presente[a]. Ora, se sigo a escola da percepção, encontro-me pronto para compreender a obra de arte, porque esta é também uma totalidade tangível na qual a significação não é livre, por assim dizer, mas ligada, escrava de todos os signos, de todos os detalhes que a manifestam para mim, de maneira que, tal como a coisa percebida, a obra de arte é vista ou ouvida, e nenhuma definição, nenhuma análise ulterior, por mais preciosa que possa ser posteriormente e para fazer o inventário dessa experiência, conseguiria substituir a experiência perceptiva e direta que tive com relação a ela[b].

A princípio, isso não é tão evidente. Porque, afinal, a maior parte do tempo, um quadro representa objetos, como se diz, freqüentemente um retrato representa alguém de quem o pintor nos fornece o nome. Afinal, a pintura não será comparável

---

a. Segundo a gravação: "emerge de todos os 'detalhes' que a encarnam".

b. Segundo a gravação: "que dela absorvi".

a essas flechas indicativas nas estações, cuja única função é orientar-nos em direção à saída ou à plataforma? Ou ainda a essas fotografias exatas, que nos permitem examinar o objeto em sua ausência, retendo o essencial dele? Se isso fosse verdade, o objetivo da pintura seria o *trompe-l'oeil**, e sua significação estaria inteiramente fora do quadro, nas coisas que este significa[a], no *tema*. Ora, é precisamente contra essa concepção que se constituiu toda pintura válida e que os pintores lutam muito conscienciosamente há pelo menos cem anos. Segundo Joachim Gasquet, Cézanne dizia que o pintor capta um fragmento da natureza "e torna-o absolutamente pintura"[1]. Há trinta anos, Braque escrevia ainda mais claramente que a pintura não procurava "reconstituir um fato anedótico", mas "constituir um fato pictural"[2]. A pintura seria, portanto, não uma imitação do mundo, mas um mundo por si mesmo. E isto quer dizer que, na experiência de um quadro, não há nenhuma

---

* Segundo o *Dicionário Houaiss*, *trompe-l'oeil*: estilo de criar a ilusão de objetos reais em relevo, mediante artifícios de perspectiva. (N. dos T.)

a. Segundo a gravação: "nas coisas que ele representa".

1. Joachim Gasquet, *Cézanne*, Paris, Bernheim-Jeune, 1926; reed. Grenoble, Cynara, 1988; ver, por exemplo, p. 71, 130-1.

2. Georges Braque, *Cahier*, 1917-1947, Paris, Maeght, 1948, p. 22 (ed. aumentada 1994, p. 30): "A pintura não busca reconstituir uma anedota, mas constituir um fato pictural."

referência à coisa natural, na experiência *estética* do retrato, não há nenhuma menção à sua "semelhança" com o modelo[a] (aqueles que encomendam retratos os querem, com freqüência, semelhantes, mas é porque têm mais vaidade do que amor pela pintura). Tomaria tempo demais aqui pesquisar por que, nessas condições, os pintores não fabricam completamente, como já fabricaram algumas vezes, objetos poéticos inexistentes[b]. Contentemo-nos com observar que, mesmo quando trabalham sobre objetos reais, seu objetivo jamais é evocar o próprio objeto muitas vezes, mas fabricar sobre a tela um espetáculo que se basta a si mesmo. A distinção freqüentemente feita entre o tema do quadro e o procedimento do pintor não é legítima porque, para a experiência estética[c], todo o tema reside na maneira pela qual a uva, o cachimbo ou o maço de cigarros são constituídos pelo pintor na tela. Queremos dizer que, em arte, apenas a forma importa, e não o que se diz? De forma alguma. Queremos dizer que a forma e o conteúdo, o que se diz e a maneira pela qual se diz não poderiam existir separadamente. Em suma, limitamo-nos

---

a. Segundo a gravação: "'semelhança' ao modelo real".
b. Por ocasião da gravação, Merleau-Ponty suprime essa frase. Ele retoma: "Mesmo quando eles trabalham [...]."
c. Segundo a gravação: "para o artista".

a constatar a evidência de acordo com a qual, se consigo imaginar satisfatoriamente, segundo sua função, um objeto ou um utensílio que nunca vi, pelo menos em suas linhas gerais, as melhores análises, em compensação, não podem me fornecer o menor indício do que é uma pintura da qual jamais vi nenhum exemplar. Não se trata, pois, diante de um quadro, de multiplicar as referências ao tema, à circunstância histórica, se é que existe alguma, que está na origem do quadro; trata-se, como na percepção, das próprias coisas, de contemplar e perceber o quadro segundo as indicações silenciosas de todas as partes que me são fornecidas pelos traços de pintura depositados na tela, até que todas, sem discurso e sem raciocínio, componham-se em uma organização rigorosa em que se sente de fato que nada é arbitrário, mesmo se não tivermos condições de dizer a razão disso.

Embora o cinema ainda não tenha produzido muitas obras que sejam do começo ao fim obras de arte, embora a admiração pelas estrelas, o aspecto sensacional das mudanças de plano ou das peripécias, a intervenção de belas fotografias ou de um diálogo espiritual sejam para o filme tentações, em que ele pode ficar aprisionado e encontrar o sucesso omitindo os meios de expressão mais propriamente cinematográficos – apesar, portanto, de todas essas circunstâncias que fazem com que quase não tenhamos visto até agora um filme que seja plenamente filme, podemos entrever o que seria esta obra, e veremos que, como toda obra de arte, seria ainda alguma coisa que percebemos. Porque, finalmente, o que pode constituir a beleza cinematográfica não é nem a história em si, que a prosa contaria muito bem, nem, por uma razão muito maior, as idéias que ela pode sugerir, nem por fim os tiques, as manias, esses procedimentos pelos quais um diretor de cinema é reconhecido e que não têm mais importância decisiva do que as palavras favoritas de um escritor. O que conta é a escolha dos episódios representados e, em cada um deles, a escolha das cenas que figurarão no filme, a extensão dada respectivamente a cada um desses elementos, a ordem na qual se escolhe apresentá-los, o som ou as palavras com as quais se quer[a] ou não associá-los, tudo isso constituindo um certo ritmo cinematográfico global. Quando nossa experiência do cinema for maior, poderemos elaborar uma espécie de lógica do cinema, ou até uma gramática e estilística do cinema que nos indicarão, a partir de nossa experiência das obras, o valor a se atribuir a cada elemento numa estrutu-

---

a. Segundo a gravação: "pelos quais se opta".

ra de conjunto típica, para que cada um deles possa aí se inserir sem problema. Porém, como todas as regras em matéria de arte, estas só servirão para explicitar as relações já existentes nas obras bem-sucedidas e para inspirar outras obras honestas. Então, como agora, os criadores sempre terão de encontrar novos conjuntos sem orientação. Então, como agora, o espectador, sem formar uma idéia clara, experimentará a unidade e a necessidade do desenvolvimento temporal em uma bela obra. Então, como agora, a obra deixará em seu espírito, não uma soma de receitas, mas uma imagem irradiante, um ritmo. Então, como agora, a experiência cinematográfica será percepção.

A música poderia fornecer-nos um exemplo demasiado fácil e, justamente por essa razão, não gostaríamos de nos deter nele. Evidentemente, fica impossível aqui imaginar que a arte remeta a outra coisa que não a si mesma. A música em torno de um tema que nos descreve uma tempestade, ou mesmo uma tristeza, constitui uma exceção. Aqui, estamos incontestavelmente diante de uma arte que não fala. E, contudo, uma música está longe de ser apenas um agregado de sensações sonoras: através dos sons, vemos aparecer uma frase e, de frase em frase, um conjunto e, por fim, como dizia Proust, um mundo que é, no domínio da música possível, a região Debussy ou o reino Bach. Só nos resta neste caso escutar, sem nos voltarmos para nós mesmos, para nossas lembranças, para nossos sentimentos, sem mencionar o homem que criou isso, como a percepção observa as próprias coisas sem nelas mesclar nossos sonhos.

Para terminar, podemos dizer algo de análogo com relação à literatura, ainda que isso tenha sido freqüentemente contestado porque a literatura emprega as palavras, que também são feitas para exprimir as coisas naturais. Já há muito tempo, Mallarmé[3] distinguiu a tagarelice cotidiana da utilização poética da linguagem. O tagarela só diz o nome das coisas para indicá-las brevemente, para exprimir "do que se trata". Ao contrário, o poeta, segundo Mallarmé, substitui a designação corrente das coisas, que as dá como "bem conhecidas", por um gênero de expressão que nos descreve a estrutura essencial da coisa e nos força assim a entrar nela.[a] Falar poeticamente do mundo é quase calar-se, se consideramos a palavra no sentido da palavra

---

3. Stéphane Mallarmé, *passim* (ver sua obra poética) e, por exemplo, *Réponses à des enquêtes* (pesquisa de Jules Huret, 1891). In: *Œuvres complètes*, Paris, Gallimard, col. "La Pléiade", 1945.

a. Segundo a gravação: "um gênero de expressão que nos descreve a estrutura essencial da coisa sem nos dar seu nome e nos força assim a entrar nela".

cotidiana, e sabemos que Mallarmé não escreveu muito. Porém, no pouco que nos deixou, encontramos pelo menos a consciência mais clara da poesia como inteiramente transportada pela linguagem, sem referência direta ao próprio mundo, nem à verdade prosaica, nem à razão, e, conseqüentemente, como uma criação da palavra que não poderia ser completamente traduzida para idéias; é porque a poesia, como dirão mais tarde Henri Bremond[4] e Valéry[5], não é em princípio significação de idéias ou significante que Mallarmé e, posteriormente, Valéry[6] se recusavam a aprovar ou a desaprovar qualquer comentário prosaico de seus poemas: tanto no poema como na coisa percebida[a], não podemos separar o contéudo da for-

---

4. Henri Bremond, *La Poésie pure* (leitura na sessão pública das cinco Academias, em 24 de outubro de 1925), Paris, Grasset, 1926.

5. Paul Valéry, *passim* e, por exemplo, "Avant-propos" (1920), *Variété*, Paris, Gallimard, 1924; "Je disais quelquefois à Stéphane Mallarmé..." (1931), 1923), *Variété III*, Paris, Gallimard, 1936; "Dernière visite à Mallarmé", 1923, *Variété II*, Paris, Gallimard, 1930; "Propos sur la poésie" (1927), "Poésie et pensée abstraite" (1939), *Variété V*, Paris, Gallimard, 1944 [trad. bras. *Variedades*, São Paulo, Iluminuras, 1991].Ver também Frédéric Lefèvre, *Entretiens avec Paul Valéry*, prefácio de Henri Bremond, Paris, Le Livre, 1926.

6. Paul Valéry, *passim* (études littéraires, préfaces, écrits théoriques, cours) e por exemplo, "Questions de poésie" (1935), "Au sujet du *Cimetière marin*" (1933) e "Commentaires de *Charmes*" (1929), *Variété III*, Paris, Gallimard, 1936; "Propos sur la poésie" (1927), "L'homme et la coquille" (1937) e "Leçon inaugurale du cours de poétique du Collège de France" (1937), *Variété V*, Paris, Gallimard, 1944.

a. Segundo a gravação: "uma coisa percebida".

ma, aquilo que é apresentado da maneira como se apresenta ao olhar. Hoje, autores como Maurice Blanchot perguntam-se se não seria necessário estender ao romance e à literatura em geral o que Mallarmé dizia da poesia[7]; um romance bem-sucedido existe não como soma de idéias ou de teses, mas como uma coisa sensível e como uma coisa em movimento que se trata de perceber em seu desenvolvimento temporal, a cujo ritmo se trata de nos associarmos e que deixa na lembrança não um conjunto de idéias, mas antes um emblema e o monograma dessas idéias.

Se essas observações são corretas e se conseguimos mostrar que uma obra de arte é percebida[a], uma filosofia da percepção encontra-se imediatamente liberada dos mal-entendidos que poderíamos opor a ela como objeções. O mundo percebido não é apenas o conjunto de coisas naturais, é também os quadros, as músicas, os livros, tudo o que os alemães chamam de um "mundo cultural". Ao mergulhar no mundo percebido, longe de termos estreitado nosso horizonte e de nos

---

7. Maurice Blanchot, *Faux pas*, Paris, Gallimard, 1943; principalmente "Comment la littérature est-elle possible?" (1.ª ed., Paris, José Corti, 1942) e "La poésie de Mallarmé est-elle obscure?".

a. Segundo a gravação: "e se é verdade que a obra de arte é percebida".

termos limitado ao pedregulho ou à água, encontramos os meios de contemplar as obras de arte da palavra e da cultura em sua autonomia e em sua riqueza originais.

CAPÍTULO VII
MUNDO CLÁSSICO E MUNDO MODERNO

Nesta última conversa, gostaríamos de apreciar o desenvolvimento do pensamento moderno tal como o descrevemos, bem ou mal, nas conversas anteriores. Esse retorno ao mundo percebido que constatamos nos pintores, nos escritores, em certos filósofos e nos criadores da física moderna, se comparado às ambições da ciência, da arte e da filosofia clássicas, não poderia ser considerado um sinal de declínio? Por um lado, temos a segurança de um pensamento que não duvida de estar destinado ao conhecimento integral da natureza, nem de eliminar todo mistério do conhecimento do homem. Por outro, entre os modernos, no lugar desse universo racional, aberto por princípio aos empreendimentos do conhecimento e da ação, temos um saber e uma arte difíceis, cheios de reservas e de restrições, uma representação do mundo que não exclui nem fissuras nem lacunas, uma ação que duvida de si mesma e, em todo caso, não se vangloria de obter o assentimento de todos os homens....

Efetivamente, é preciso reconhecer que os modernos (de uma vez por todas, desculpo-me pelo que há de vago nesse tipo de expressão) não têm nem o dogmatismo nem a segurança dos clássicos, quer se trate da arte, quer do conhecimento, quer da ação. O pensamento moderno oferece um caráter duplo de incompletude e de ambigüidade que permite falar, se quisermos, de declínio ou de decadência. Concebemos todas as obras da ciência como provisórias e aproximativas, enquanto Descartes acreditava poder deduzir de uma vez por todas as leis do choque dos corpos a partir dos atributos de Deus[1]. Os museus estão repletos de obras às quais parece que nada pode ser acrescentado, enquanto nossos pintores levam ao público obras que parecem, por vezes, ser meros esboços. E essas mesmas obras são tema de intermináveis

---

1. René Descartes, *Les Principes de la philosophie* (1647), Parte II, art. 36-42 [trad. bras. *Princípios da filosofia,* São Paulo, Hemus, 1968]. In: *Œuvres* ed. A.T., *op. cit.*, vol. IX, pp. 83-7; in: *Œuvres et lettres, op. cit.*, pp. 632-7.

comentários, porque seu sentido não é unívoco. Quantas obras sobre o silêncio de Rimbaud, após a publicação do único livro que ele próprio entregou aos seus contemporâneos, e como, ao contrário, o silêncio de Racine após *Phèdre* [Fedra] parece ser pouco problemático! Parece que o artista de hoje multiplica ao seu redor enigmas e fulgurações. Mesmo quando, como Proust, o artista é, sob muitos aspectos, tão claro quanto os clássicos, o mundo que ele nos descreve não é, em todo caso, nem acabado nem unívoco. Em *Andromaque* [Andrômaca], sabemos que Hermione ama Pirro e, exatamente no momento em que ela envia Oreste para matá-lo, nenhum espectador se confunde: essa ambigüidade do amor e do ódio, que faz com que um dos amantes prefira perder o amado a deixá-lo a um outro, não é uma ambigüidade fundamental; fica imediatamente evidente que, se Pirro se afastasse de Andrômaca e se voltasse para Hermione, Hermione seria apenas doçura a seus pés. Ao contrário, quem pode afirmar se o narrador, na obra de Proust, ama realmente Albertine[2]? O narrador constata que só quer estar perto de Albertine quando ela se afasta, e disso conclui que

---

2. Proust, Marcel, *À la recherche du temps perdu*, t. 6: *La Prisonnière*, Paris, Gallimard, 1923 [trad. bras. *Em busca do tempo perdido*, t. 6, Porto Alegre, Globo, 1957].

não a ama. Porém, depois de seu desaparecimento e da notícia de sua morte, então, na evidência desse afastamento sem volta, o narrador pensa que tinha necessidade dela e que a amava[3]. Porém, o leitor continua: se Albertine lhe fosse devolvida – como ele sonha algumas vezes –, o narrador de Proust ainda a amaria? Deve-se dizer que o amor é essa necessidade ciumenta ou que nunca há amor, mas apenas ciúmes e o sentimento de ser excluído?[a] Essas questões não nascem de uma exegese minuciosa[b], é o próprio Proust que as coloca, são, para ele, constitutivas do que chamamos de amor. O coração dos modernos é portanto um coração intermitente e que nem mesmo consegue se conhecer. Entre os modernos, não são apenas as obras que permanecem inacabadas, mas o mundo mesmo, tal como elas o exprimem, é como se fosse uma obra sem conclusão, da qual não sabemos se jamais comportará uma. A partir do momento em que não se trata mais apenas da natureza, mas do homem, a incompletude do conhe-

---

3. Marcel Proust, *À la recherche du temps perdu*, t. 7: *Albertine disparue*, Paris, Gallimard, 1925.

a. Segundo a gravação: "Deve-se dizer que o amor é essa necessidade ciumenta, ou melhor, que o amor não existe, que existem apenas ciúmes e o sentimento de ser excluído?"

b. Segundo a gravação: "Essas questões e essas dúvidas não nascem de uma exegese demasiado minuciosa [...]."

cimento, que se deve à complexidade das coisas, reitera-se com uma incompletude de princípio: por exemplo, há dez anos, um filósofo mostrava que não conseguiríamos conceber um conhecimento histórico rigorosamente objetivo, porque a interpretação e a colocação em perspectiva do passado dependem das escolhas morais e políticas que o historiador fez por sua conta (como, aliás, estas e aquelas escolhas) e que a existência humana, nesse círculo em que está encerrada, jamais pode fazer abstração de si mesma para chegar a uma verdade nua, comportando apenas um progresso na objetivação, não uma objetividade plena[a].

Se deixássemos a região do conhecimento para considerar a da vida e da ação, encontraríamos os homens modernos às voltas com ambigüidades talvez até mais importantes. Não existe mais uma só palavra de nosso vocabulário político que não tenha servido para designar realidades completamente diferentes, ou mesmo diametralmente opostas. Liberdade, socialismo, democracia, reconstrução, renascimento, liberdade sindical[b], cada uma dessas palavras foi, pelo menos uma vez, reivindicada por algum dos grandes partidos existen-

---

a. Por ocasião da gravação, Merleau-Ponty não lê esta última frase.
b. Segundo a gravação: "unidade sindical".

tes[a]. E isso, não por estratagema de seus chefes: o estratagema está nas próprias coisas; é verdade, num certo sentido, que não existe nos Estados Unidos nenhuma simpatia pelo socialismo e que, se o socialismo é ou implica uma mudança radical das relações de propriedade, ele não tem nenhuma chance de se instaurar à sombra dos Estados Unidos, e pode ao contrário, sob certas condições, encontrar apoio do lado soviético. Mas também é verdade que o regime econômico e social da URSS, com sua diferenciação social acentuada, sua mão-de-obra que lembra os campos de concentração, não é e não poderia tornar-se, por si mesmo, aquilo que sempre se chamou de regime socialista. E é verdade, por fim, que um socialismo que não procurasse apoio fora das fronteiras da França[b] seria ao mesmo tempo impossível e, por aí mesmo, destituído de sua significação humana. Estamos realmente no que Hegel chamava uma situação diplomática, isto é, uma situação em que as palavras querem dizer duas coisas (pelo menos) e em que as coisas não se deixam denominar por uma única palavra.

---

a. Segundo a gravação: "cada uma dessas palavras foi, ao menos uma vez, reivindicada pelos mais diferentes partidos".

b. Segundo a gravação: "um socialismo que não se estendesse para além das fronteiras nacionais".

Porém, precisamente, se a ambigüidade e a incompletude estão inscritas na própria textura de nossa vida coletiva e não somente nas obras dos intelectuais, seria irrisório querer reagir a isso por uma restauração da razão, no sentido em que se fala de restauração a respeito do regime de 1815. Podemos e devemos analisar as ambigüidades de nosso tempo e tentar, por meio delas, traçar um caminho que possa ser mantido com consciência e dentro da verdade. Sabemos porém demais a esse respeito para retomar pura e simplesmente o racionalismo de nossos pais. Sabemos, por exemplo, que não se deve acreditar nas promessas dos regimes liberais[a], que estes podem ter por divisa a igualdade e a fraternidade sem exprimi-las em sua conduta, e que as ideologias nobres são, por vezes, álibis. Sabemos, ademais, que, para realizar a igualdade, não basta transferir a propriedade dos instrumentos de produção para o Estado. Nem nosso exame do socialismo, nem nosso exame do liberalismo podem deixar de ter reservas ou restrições, e permanecemos sobre esta base instável enquanto o curso das coisas e a consciência dos homens

---

a. Por ocasião da gravação, Merleau-Ponty não diz "regimes liberais", e sim "liberalismo", e, conseqüentemente, faz a concordância da frase no singular ("ele pode", "sua conduta").

não tornarem possível a superação desses dois sistemas ambíguos[a]. Decidir de cima, optar por um dos dois, sob o pretexto de que a razão enxerga a questão com clareza, em todo caso, é mostrar que nos preocupamos menos com a razão operante e ativa do que com uma fantasia de razão, que esconde suas confusões sob ares peremptórios. Amar a razão, como Julien Benda – querer[b] o eterno, quando o saber descobre cada vez melhor a realidade do tempo, querer o conceito mais claro[c], quando a própria coisa é ambígua, é a forma mais insidiosa do romantismo, é preferir a palavra razão ao exercício da razão. Restaurar jamais é restabelecer, é mascarar.

E mais. Temos razões para perguntar a nós mesmos se a imagem que muitas vezes o mundo clássico nos passa é algo mais do que uma lenda, se ele também não conheceu a incompletude e a ambigüidade em que vivemos, se não se contentou com recusar-lhes a existência oficial e se, conseqüentemente, longe de ser um caso de decadência, a incerteza de nossa cultura não é, antes, a consciência mais aguda e mais franca do que sem-

---

a. Segundo a gravação: "o curso das coisas e a consciência dos homens não tornarem possível algo além desses dois sistemas ambíguos".
b. Segundo a gravação: "exigir".
c. Segundo a gravação: "exigir a idéia clara".

pre foi verdade, portanto, é aquisição e não declínio. Quando nos falam de obra clássica como de uma obra acabada, devemos lembrar-nos que Leonardo da Vinci e muitos outros deixavam obras inacabadas, Balzac considerava indefinível[a] o famoso ponto de maturidade de uma obra e admitia que, a rigor, o trabalho, que sempre poderia ser prosseguido, só é interrompido para deixar alguma clareza à obra, que Cézanne, que considerava toda a sua pintura como uma aproximação do que ele buscava, fornece-nos contudo, mais de uma vez, o sentimento de acabamento ou de perfeição. Talvez seja por uma ilusão retrospectiva – porque a obra está longe demais de nós, é demasiado diferente de nós para que sejamos capazes de retomá-la e prossegui-la – que encontramos uma plenitude insuperável em certas pinturas[b]: os pintores que as executaram nelas só viam tentativa ou fracasso. Falávamos há pouco das ambigüidades de nossa situação política, como se todas as situações políticas do passado, em sua época, não comportassem também contradições e enigmas comparáveis aos nossos – por exemplo, a Revolução Francesa e mesmo a Revolução Russa em seu período "clássico",

---

a. Segundo a gravação: "indiscernível".
b. Segundo a gravação: "encontramos em certas pinturas um ar definitivo".

até a morte de Lênin. Se isso é verdade, a consciência "moderna" não teria descoberto uma verdade moderna, mas uma verdade de todos os tempos, apenas mais visível hoje e levada à sua mais alta gravidade. E essa clarividência maior, essa experiência mais integral da contestação não é o comportamento de uma humanidade que se degrada[a]: é o comportamento de uma humanidade que não vive mais por alguns arquipélagos ou promontórios, como viveu por muito tempo, mas confronta a si mesma de um extremo a outro do mundo, dirige-se ela mesma a si mesma integralmente pela cultura ou pelos livros... No imediato, a perda de qualidade é manifesta, mas não podemos remediar isso restaurando a humanidade estreita dos clássicos. A verdade é que o problema para nós é fazer, no nosso tempo[b] e por meio de nossa própria experiência, o que os clássicos fizeram no tempo deles, como o problema de Cézanne era, segundo seus próprios termos, "fazer do impressionismo algo sólido como a arte dos museus"[4].

---

a. Segundo a gravação: "e essa maior clarividência, essa experiência mais integral da contestação entre os modernos não é o comportamento de uma humanidade que se degrada [...]."

b. Segundo a gravação: "a verdade é, provavelmente, que se trata para nós de fazer no nosso tempo [...]."

4. Joachim Gasquet, *Cézanne, op. cit.*, p. 148. A citação exata é: "fazer do impressionismo algo sólido durável como a arte dos museus".

BIBLIOGRAFIA

BACHELARD, G., *La Psychanalyse du feu*, Paris, Gallimard, 1938; reed. col. "Folio Essais", 1985.
Lautréamont, Paris, José Corti, 1939; reed. 1986.
L'Eau et les Rêves, Paris, José Corti, 1942; reed. LGF, col. "Le Livre de Poche", 1993.
L'Air et les Songes, Paris, José Corti, 1943; reed. LGF, col. "Le Livre de Poche", 1992.
La Terre et les Rêveries de la volonté, Paris, José Corti, 1948.
La Terre et les Rêveries du repos, Paris, José Corti, 1948; reed. 1992.
BENDA, J., *La France byzantine ou le Triomphe de la littérature pure, Mallarmé, Gide, Valéry, Alain, Giraudoux, Suarès, les surréalistes, essai d'une psychologie originelle du littérateur*, Paris, Gallimard, 1945; reed. Paris, UGE, col. "10/18", 1970.
BERNARD, É., *Souvenirs sur Paul Cézanne et lettres*, Paris, À la rénovation esthétique, 3.ª ed., 1921.
BLANCHOT, M., *Faux pas*, Paris, Gallimard, 1943, ed. revista 1971; reed. 1975;
Le Très-Haut, Paris, Gallimard, 1948; ed. revista 1975; reed. 1988.
BRAQUE, G., *Cahier* (1917-1947), Paris, Maeght, 1948; *Cahier* (1917-1955), ed. ampliada 1994.
BREMOND, H., *La Poésie pure*, Paris, Grasset, 1926.

Prière et Poésie, Paris, Grasset, 1926.
Racine et Valéry, Paris, Grasset, 1930.
BRETON, A., *L'Amour fou,* Paris, Gallimard, 1937; reed. 1975.
CLAUDEL, P., *Connaissance de l'Est* (1895-1900), Paris, Mercure de France, 1907, reed. Paris, Galllimard, col. "Poésie", 1974.
"Interroge les animaux", *Figaro littéraire,* n.º 129, ano 3, 9 de outubro de 1948, p. 1; retomado em "Quelques planches du Bestiaire spirituel. In: *Figures et paraboles,* in: *Œuvres en prose,* Paris, Gallimard, col. "La Pléiade", 1965.
DESCARTES, *Œuvres,* ed. C. Adam e P. Tannery, Paris, Cerf, 11 vols., 1897-1913; reed. Paris, Vrin, 1996; *Œuvres et lettres,* ed. A. Bridoux, Paris, Gallimard, col. "La Pléiade", 1937; reed. 1953.
FREUD, S., *Cinq Psychanalyses,* "Analyse d'une phobie chez un petit garçon de 5 ans, trad. fr. M. Bonaparte, *Revue française de psychanalyse,* t. 2, fasc. 3, 1928; reed. Paris, PUF, 1975.
GASQUET, J., *Cézanne,* Paris, Bernheim-Jeune, 1926; reed. Grenoble, Cynara, 1988.
KAFKA, F., *La Métamorphose* (1912), trad. fr. A. Vialatte, Paris, Gallimard, 1938; reed. 1972.
Recherches d'un chien (1923-1924?). In: *La Muraille de Chine,* trad. fr. J. Carrive e A. Vialatte, Villeneuve-lès-Avignon, Seghers, 1944; reed. Paris, Gallimard, 1950; trad. fr. M. de Launay, Paris, Findakly, 1999.
KÖHLER, W., *L'Intelligence des singes supérieurs,* Paris, Alcan, 1927.
LEFÈVRE, F., *Entretiens avec Paul Valéry,* préface d'Henri Bremond, Paris, Le Livre, 1926.
MALEBRANCHE, *De la recherche de la vérité* (1674-1675), ed. G. Lewis, Paris, Vrin, t. l, 1945: In: *Œuvres complètes,* org. G. Rodis-Lewis e G. Malbreil, Paris, Gallimard, col. "La Pléiade, t. l, 1979.
MALLARMÉ, S., *Œuvres complètes,* 1 voI., org. H. Mondor e G. Jean-Aubry, Paris, Gallimard, col. "La Pléiade", 1945; reed. 2 vols., ed. B. Marchal, Paris, Gallimard, col. "La Pléiade", vol. I, 1998.
MICHOTTE, A., *La Perception de la causalité,* Louvain, ed. ISP, 1947; reed. Louvain-Bruxelas-Amsterdam, Presses Universitaires de Louvain, ed. "Érasme" – ed. "Standaard-Boekhandel", 1954.

PAULHAN, J., "La Peinture moderne ou l'espace sensible au cœur", *La Table* ronde, n.° 2, fevereiro de 1948, pp. 267-80; remanejado para *La Peinture cubiste,* 1953, reed. Paris, Gallimard, col. "Folio Essais", 1990.

PONGE, F., *Le Parti pris des choses,* Paris, Gallimard, 1942; reed. col. "Poésie".

PROUST, M., *À la recherche du temps perdu,* t. 6: *La Prisonnière,* Paris, Gallimard, 1923, reed. col. "La Pléiade", vol. 3, 1988; t. 7: *Albertine disparue,* Paris, Gallimard, 1925; reed. col. "La Pléiade", vol. 4, 1989.

RACINE, J., *Phèdre* (1677).

Andromaque (1682).

SARTRE, J.-P., *L'Être et le Néant,* Paris, Gallimard, 1943; reed. col. "Tel", 1976.

L'Homme et les choses, Paris, Seghers, 1947; retomado em *Situations* l, Paris, Gallimard, 1948, reed. 1992.

VALÉRY, P., *Variété* (1924), *Variété II* (1930), *Variété III* (1936) e *Variété V* (1944). In: *Oeuvres,* ed. J. Hytier, Paris, Gallimard, col. "La Pléiade", vol. l, 1957.

VOLTAIRE, *Micromégas* (1752).

Essai sur l'histoire générale et sur les mœurs et l'esprit des nations, depuis Charlemagne jusqu'à nos jours (1753, ed. ampliada 1761-1763).

ÍNDICE ONOMÁSTICO

Bach (1685-1750), 63.
Bachelard (1884-1962), 26, 39.
Balzac (1799-1850), 75.
Benda (1867-1956), 9, 74.
Blanchot (nascido em 1907), 53,65.
Braque (1882-1963), 55, 58.
Bremond (1865-1933), 64.
Breton (1896-1966), 27.
Cézanne (1839-1906), 12, 22, 24, 55, 75-6.
Chardin (1699-1779), 9.
Claudel (1868-1955), 23, 39.
Debussy (1862-1918), 63.
Descartes (1596-1650), 3-4, 27, 31-2, 40, 42-3, 46-7, 68.
Euclides (séc III a.C.), 11.
Freud (1856-1939), 38.
Gasquet (1873-1921), 58.
Giraudoux (1882-1944), 9.
Goethe (1749-1832), 20.
Gris (1887-1927), 55.
Hegel (1770-1831), 72.
Kafka (1883-1924), 52-3.
Köhler (1887-1967), 37.
Lautréamont (1846-1870), 39.
Leonardo da Vinci (1452-1519), 75.
Malebranche (1638-1715), 16-7, 40.
Mallarmé (1842-1898), 63-5.
Malraux (1901-1976), 9.
Marivaux (1688-1763), 9.
Michotte, 36.
Paulhan (1884-1968), 15.
Picasso (1881-1973), 9, 55.
Ponge (1899-1988), 24-6.
Poussin (1594-1665), 9.
Proust (1871-1922), 69-70.
Racine (1639-1699), 69.
Rimbaud (1854-1891), 69.
Sartre (1905-1980), 21-5.
Stendhal (1783-1842), 9.
Valéry (1871-1945), 64.
Voltaire (1694-1778), 32, 52.

OBRAS DE MAURICE MERLEAU-PONTY
(1908-1961)

La Structure du comportement, Paris, PUF, 1942; reed. 2002 [trad. bras. *Estrutura do comportamento,* Belo Horizonte, Interlivros, 1975].

Phénoménologie de la perception, Paris, Gallimard, 1945; reed. col. "Tel", 1976 [trad. bras. *Fenomenologia da percepção,* São Paulo, Martins Fontes, 2.ª ed. 1999]

Humanisme et terreur, essai sur le problème communiste, Paris, Gallimard, 1947; reed. col. "Idées", prefácio de Claude Lefort, 1980 [trad. bras. *Humanismo e terror,* Rio de Janeiro, Tempo Brasileiro, 1968].

Sens et non-sens (textes de 1945 à 1947), Paris, Nagel, 1948, reed. Paris, Gallimard, 1996.

Éloge de la philosophie (1953) *et autres essais* (1947-1959: retomada de artigos de *Signes),* Paris, Gallimard, 1953 e 1960; reed. col. "Folio Essais", 1989.

Les Aventures de la dialectique, Paris, Gallimard, 1955; reed. col. "Folio Essais", 2000.

Collectif, *Les Philosophes célèbres,* editado sob a direção de Maurice Merleau-Ponty, Paris, Mazenod, 1956.

Signes (textes de 1947 à 1960), Paris, Gallimard, 1960. [Trad. bras. *Signos,* São Paulo, Martins Fontes, 1991.]

***

L'Œil et l'Esprit, prefácio de Claude Lefort, Paris, Gallimard, (1964; reed. col. "Folio Essais", 1985.

Le Visible et l'Invisible, edição póstuma organizada por Claude Lefort (posfácio), Paris, Gallimard, 1964 [trad. bras. *O visível e o invisível,* São Paulo, Perspectiva, 1992].

Résumés de cours, Collège de France (1952-1960), Paris, Gallimard, 1968; reed. col. "Tel", 1982.

La Prose du monde, edição póstuma estabelecida e apresentada por Claude Lefort, Paris, Gallimard, 1969; reed. col. "Tel" 1992 [trad. bras. *A prosa do mundo,* edição e prefácio Claude Lefort, São Paulo, Cosac & Naify, 2002].

L'Union de l'âme et du corps chez Malebranche, Maine de Biran et Bergson, Paris, Vrin, 1978. Texto estabelecido a partir de anotações do curso de 1947-1948 (ENS Lyon) coligidas e redigidas por Jean Deprun.

Résumé de cours à la Sorbonne (1949-1952), Grenoble, Cynara, 1988; reed. sob o título *Psychologie et pédagogie de l'enfant. Cours de Sorbonne* 1949-1952, Lagrasse, Verdier, 2001 [trad. bras. *Maurice Merleau-Ponty na Sorbonne: resumo de cursos psico-sociologia e filosofia.* Campinas, Papirus, 1990]

Le Primat de la perception et ses conséquences philosophiques, (conferência de 23 nov. 1946, *Bulletin de la Société Française de Philosophie,* t. XLI, n.º 4, out.-dez. 1947); precedido dos textos de 1933: "Projet de travail sur la nature de la Perception" e de 1934: "La Nature de la perception", Grenoble, Cynara, 1989 [trad. bras. *Primado da percepção e suas consequências filosóficas.* Campinas, Papirus, 1990].

La Nature, notas dos alunos dos cursos "Le concept de nature" de 1956-1957 e 1957-1958 e transcrições das anotações dos cursos de 1959-1960 "Nature et logos: le corps humain", ed. de D. Séglard, Paris, Le Seuil, 1995 [trad. bras. *A natureza,* org. Dominique Séglard, São Paulo, Martins Fontes, 2000].

Notes de cours (1958-1959 et 1960-1961), prefácio de Claude Lefort, editado por Stéphanie Ménasé, Paris, Gallimard, 1996.

"Notes de lecture et commentaires sur *Théorie du champ de la conscience* de Aron Gurwitsch", apresentação e transcrição S. Ménasé, *Revue de métaphysique et de morale*, n.° 3, setembro de 1997, pp. 321-42.

Parcours, 1935-1951, coletânea coligida e organizada por Jacques Prunair, Lagrasse, Verdier, 1997.

Notes de cours sur L'Origine de la géométrie *de Husserl,* edição de Franck Robert, Paris, PUF, 1998.

Parcours deux, 1951-1961, coletânea estabelecida por Jacques Prunair, Lagrasse, Verdier, 2001.

Paul Cézanne (1839-1906)
Árvores
Aquarela, 0,470 × 0,300, século XIX,
Paris, Museu do Louvre, A. A. G. (fundo Orsay).

Georges Braque (1882-1963)
Compoteira e cartas
Óleo realçado a lápis e a carvão sobre tela, 0,810 × 0,600, 1913, Paris, Centro Pompidou-MNAM-CCI.

Pablo Picasso (1881-1973)
O acrobata
Óleo sobre tela, 1,620 × 1,300, 1930,
Paris, Museu Picasso.

Cézanne © Foto RMN – Michèle Bellot
Braque © Foto CNAC/MNAM Dist. RMN
Picasso © Foto RMN – R. G. Ojeda

IMPRESSÃO E ACABAMENTO:
YANGRAF Fone/Fax: 2095-7722
e-mail:santana@yangraf.com.br